회귀로

영웅독전

회귀로 영웅독점 **3**

초판 1쇄 인쇄일 2021년 1월 15일 | **초판 1쇄 발행일** 2021년 1월 21일

지은이 칼텍스 | **펴낸이** 곽동현 | **담당편집 팀장** 이범수
편집부 정요한 최훈영 조혜진

펴낸곳 (주)조은세상 | **출판등록** 제2002-23호
주소 서울특별시 동작구 동작대로1길 27 5층
TEL 02)587-2966 | FAX 02)587-2922
E-mail bukdu@comics21c.co.kr

칼텍스ⓒ2021
ISBN 979-11-6591-509-4 | ISBN 979-11-6591-494-3(set)
값 8,000원

칼텍스 · 퓨전 판타지 장편소설

회귀로

영웅독점

3

북두
(하)좋은세상

칼텍스 퓨전판타지 장편소설

FUSION FANTASY STORY

CONTENTS

Chapter 13. ⋯ 7

Chapter 14. ⋯ 55

Chapter 15. ⋯ 103

Chapter 16. ⋯ 149

Chapter 17. ⋯ 195

Chapter 18. ⋯ 245

Chapter 19. ⋯ 289

Chapter 13.

예선전 당일.

비공개라고 하더라도 친인척들은 관람할 수 있었고 덕분에 연무장에는 쟁쟁한 인물들로 가득 찼다.

그중 단연 으뜸이라면 철혈 이강진이었다.

"오랜만입니다. 철혈님."

"오! 대제학님. 건강해 보이셔서 다행이십니다. 매일 책상앞에만 앉아 계시면 건강 해치십니다."

"그러게 말입니다. 안 그래도 요즘 배가 너무 나오고 있습니다. 하하하."

대제학(大提學)은 성무학관의 학관장도 겸임하고 있었다.

유쾌하게 대화하던 대제학은 예선장을 둘러보며 말했다.

"손자분에게 굉장한 재능이 있다고 우리 교관들이 한 입을 모아 말하는 걸 들었습니다. 좋으시겠습니다. 청신에 또 한 명의 선인이 나오겠군요."

"선인이 아니라 무신(武神)의 자리도 넘볼 재능입니다."

"그 정도입니까?"

"개인적으로는 건하보다도 뛰어난 재능이라 생각하고 있습니다."

자기 손자라고 하더라도 절대 빈말은 하지 않는 이강진이었기에 대제학은 놀랄 수밖에 없었다.

"그렇다면 우승은 정해져 있는 셈이겠군요."

"그렇다고 봐야죠. 서하의 상대가 될 수 있는 건 아무래도……."

이강진은 준비 중인 한상혁을 돌아봤다.

'저 아이도 무신(武神)의 기질을 가지고 있었지.'

아주 잠시 수련을 봐주었을 뿐임에도 이강진은 누구보다도 한상혁의 가능성을 높게 평가했다.

그때였다.

"오랜만입니다. 철혈님."

한백사가 운성의 식솔들을 대동하고 나타나 이강진에게 인사를 건넸다.

"오, 한 가주. 입학식 이후 처음 뵙는군요."

"우승이 정해져 있다는 소리를 들은 거 같은데. 너무 자만하시는 거 아닙니까?"

"자만이라기보다는 자신감이죠."

"제가 보기에는 예선도 통과하기 힘들어 보이는데요?"

이강진이 표정을 굳히자 한백사는 손을 내저으며 말을 이어 갔다.

"철혈님의 손주가 약하다는 뜻은 아닙니다. 그저 너무 압도적인 1등 아닙니까? 1등은 견제받기 마련이죠."

한백사는 고개를 돌려 서하를 바라봤다.

마침 서하가 속한 갑(甲) 조의 예선이 시작되었고 서하를 제외한 세 명의 생도들이 마치 서로 짜기라도 한 듯 뭉쳤다.

"바로 저렇게요."

한백사는 미소를 짓고는 말을 이었다.

"꼭 강한 무사가 오래 살아남는 건 아니지 않습니까? 인덕이 있어야지요. 하하하."

하지만 이강진은 한백사를 따라 웃었다.

"크하하하! 한 가주께서 제 말을 잘못 알아들으셨나 봅니다."

"잘못 알아듣다니요?"

한백사는 이강진이 허세를 부리는 것이 분명하다고 생각했다.

하지만 이강진은 자신만만한 얼굴로 말했다.

"제가 설마 고작 3명의 협공에 쩔쩔매는 애를 강하다고 말

11

하겠습니까?"

이강진은 미소를 지으며 손자를 바라보았다.

전투가 시작되고 있었다.

◆ ◈ ◆

"이서하. 너한테 악감정은 없어."

"알아. 뭐 이 정도는 예상했으니까."

4명이 한 번에 대련하는 방식임을 알았을 때부터 이렇게
될 줄은 알고 있었다.

3명이 힘을 합쳐 우승 후보인 나를 떨어트리고 자기들끼리
는 정정당당하게 싸워 보겠다는 생각이겠지.

'우승을 위해 자존심을 굽힌 건가? 하긴, 그래야 성무학관
의 생도답지.'

나름 자기들 구역에서 천재 소리 들으며 1등만 하던 놈들
이다.

3명이 함께 힘을 합쳐 나를 공격하는 것이 창피하겠지.

하지만 성무학관에서는 전장에서 자존심 따위는 버리라고
가르친다.

나찰과의 전투에서 중요한 것은 첫 번째가 승리, 두 번째가
생존이다.

"우릴 원망하지 마라. 이서하. 네가 너무 강한 거야."

"이야, 그렇게 칭찬해 주니까 고마운걸."

"공격해!"

7위의 남학생이 외치며 나에게 달려들었고 양쪽으로 다른 아이들이 흩어졌다.

세 방향에서 들어오는 공격.

합공은 타당한 선택이다.

뒤에서 들어오는 공격에 완벽하게 반응하는 것은 아마 할아버지도 힘들 것이다.

하지만 그것도 다른 누군가가 버텨 줄 때의 이야기였다.

'일검류(一劍類), 용섬(龍閃).'

나는 7위 남학생을 향해 목검을 휘둘렀다.

'아차!'

남학생이 급히 방어 자세를 취했으나 나의 목검은 녀석의 옆구리를 때렸다.

"아악!"

비명과 함께 바닥을 구르는 7위.

이후 바로 오른쪽에서 들어오는 여학생의 공격을 피하며 목덜미를 후려친 뒤 마지막 놈을 바라봤다.

바로 앞에서 공격을 멈춘 녀석은 고통에 절규하는 7위와 기절한 여학생을 보고는 손을 들었다.

"하, 항복."

"좋은 선택이야."

첫 번째는 승리.

두 번째는 생존이 중요하니 말이다.

그때 저 멀리서 할아버지의 웃음소리가 들려왔다.

"으하하하하하! 잘했다. 잘했어."

옆에 서 있는 한백사의 얼굴이 아주 똥 씹은 얼굴이었다.

◆ ◆ ◆

"으하하하하하! 잘했다. 잘했어."

이강진은 멋지게 승리한 손자를 향해 손뼉을 치며 말했다.

"보셨습니까? 멋지게 3명을 격파해 내지 않았습니까? 하하하."

"……그렇군요. 역시 수석입니다."

잠시 똥 씹은 얼굴이 되어 있던 한백사는 이내 크게 웃으며 말했다.

"입학시험 때의 성적이 우연은 아니었나 봅니다. 저리도 훌륭한 움직임을 보여 줄 줄은 꿈에도 몰랐습니다."

"……."

한백사가 입에 침이 마르게 손자를 칭찬하자 반대로 이강진이 표정을 굳혔다.

이 늙은이가 무슨 생각으로 이리도 칭찬하는가?

"아, 우리 영수 쪽도 끝나나 보네요."

을(乙) 조의 예선도 방금 끝났고 한영수는 상처 하나 없이 통과했다.

"확실히 철혈님의 손자가 강하긴 하지만 우리 영수도 꽤 합니다. 이거 4강이 아주 재밌겠군요. 기대하고 있겠습니다."

이강진은 한백사를 미심쩍게 쳐다보다 중얼거렸다.

"저 노인네. 뭔가 꾸미고 있구먼."

하지만 직접적으로 손자를 도와줄 생각은 없었다.

한백사가 무엇을 꾸미고 있든 그것이 생명에 위험이 가는 것이 아닌 이상 서하가 이겨 내야만 하는 일이었다.

설령 한백사의 술수에 걸려들어 성무대전 우승을 놓치더라도 그건 좋은 경험이 될 것이다.

"한번 어떻게 하는지 볼까?"

호랑이는 제 자식을 벼랑 끝에서 떨어트려 보는 법이었다.

그렇게 예선전이 끝나고 4강이 결정되었다.

갑(甲) 조의 이서하. 현재 순위 1위.

을(乙) 조의 한영수. 현재 순위 11위.

병(丙) 조의 한상혁. 현재 순위 9위.

정(丁) 조의 주지율. 현재 순위 3위.

그렇게 4강 진출자들이 결정되었고 한백사는 한영수를

기다리며 대진표를 확인하다 말했다.

"이거 영수가 그 청신의 놈이랑 붙겠구먼."

"그렇습니다. 아버지."

"오늘 놈이 싸우는 걸 봤다. 그냥 붙으면 영수가 지겠더구나."

인정하기는 싫지만 현재의 실력은 서하가 몇 수 위였다.

예선전에서 확 떨어졌으면 좋았겠지만 이미 지나간 일이었다.

한백사는 아들, 한명호에게 말했다.

"상혁이를 불러와라. 이제 녀석도 결정을 내려야지."

"네, 아버지."

한백사는 상혁을 찾으러 가는 아들을 바라봤다.

'신도 참 무심하시지.'

둘째인 한명호는 순종적이었지만 재능이 없었다.

반대로 그의 동생이었던 한규호는 가문을 이끌고 갈 만한, 아니, 가문을 다시 한번 최고의 위치로 올려놓을 재능을 가지고 있었으나 순종적이지 않았다.

그리고 상혁은 그런 제 아비를 똑 닮았다.

'그놈이 그렇게 재능 있을 줄 알았다면 빨리 키웠을 텐데 말이야.'

상혁이 운성에 있을 때는 기본적인 무공만 가르쳤기에 알아보지 못했지만 말이다.

지금이라도 순종적으로 만든다면 다시 운성의 일꾼으로 사용할 수 있을 것이었다.

'일단 우승부터 해야겠지.'

운성은 언제나 최고의 명문가로 있어야 한다.

그렇기에 적통 후계자인 한영수는 차근차근 가능한 모든 것을 이루며 성장해야만 한다.

◆ ◇ ◆

예선전이 끝나고 나는 정도윤을 기다렸다.

예선이 끝나자마자 운성의 사람이 와 상혁이를 데리고 가는 것을 확인했다.

만약 운성에서 무언가 일을 꾸민다면 그것은 성무대전과 관련이 있을 것이라 확신하고 있었다.

성무대전은 단순히 최강의 유망주를 뽑는 상징적인 의미의 대회가 아니었다.

그 이유는 우승 상품인 소원권 때문이었다.

우승자는 국왕 전하에게 직접 소원을 말할 수 있었고 웬만한 것은 전부 들어주었다.

하지만 지금은 나라는 강력한 우승 후보가 있었다.

어떻게든 상혁이를 이용해 나를 떨어트릴 생각이겠지.

다만 그들이 무엇을 꾸미든 정도윤이 전부 알아 올 것이니 걱정할 건 없다.

'실패할 리가 없어.'

후암(後暗)이니까.

정보부는 크게 둘로 나뉘었다.

대외적으로 정보를 수집하는 합법적인 정보부인 왕실정보부와 어둠 속에서 여러 가문의 정보를 수집하고 이들의 약점을 찾아내는 후암(後暗).

유현성은 왕실정보부 소속임과 동시에 이 후암(後暗)의 수장이었다.

물론 나에게는 합법적인 왕실정보부의 한 부서를 맡고 있다고 말했지만 말이다.

정도윤은 후암의 대장 중 하나다.

실력 하나는 최고일 것이다.

그렇게 숙소의 작은 뒷마당에 앉아 기다리고 있을 때 정도윤의 목소리가 들렸다.

"실례하겠습니다."

지붕에서 떨어진 정도윤은 주변을 둘러보고는 말했다.

"여기서 보고해도 되겠습니까?"

"네. 해 주세요."

"예상대로였습니다. 한상혁이 약점을 잡혔습니다."

내 예상대로 상혁이는 약점이 잡혀 있었다.

"자세한 내막까지 알아 왔습니다만 짧게 핵심만 보고할까요?"

"아뇨. 길게 보고해 주세요. 세세한 거 하나도 빠트리지 말고."

약점이 잡혔다면 그 약점을 없애야만 한다.

도대체 방학 때 무슨 일이 있었기에 약점이 잡혔는지, 또 그 약점으로 상혁이에게 무슨 일을 시키려는 것인지를 전부 알아야만 한다.

"알겠습니다. 그럼 방학 때부터 이야기를 시작해야겠네요."

정도윤은 말을 시작했다.

"그러니까⋯⋯."

◆ ◆ ◆

방학.

청신가에서 수련하며 기다리던 상혁은 결국 서하를 만나지 못하고 운성으로 향했다.

생일이 지나 15살이 되었기 때문이었다.

왕국의 법도상 15살은 성인으로서 부모의 유산을 물려받을 수 있었다.

상혁은 이제 합법적으로 아버지가 남긴 무기와 재산을 물려받을 수 있었고 이를 정당하게 요구할 생각이었다.

그렇게 도시 초입부터 배신자라 손가락질을 받으면서도 묵묵히 한백사를 찾아간 상혁은 바로 본론을 말했다.

하지만 15살짜리 어린 아이의 생각보다도 운성은 치졸했다.

"유산을 달라?"

"네. 저도 이제 15살이 되었으니 아버지가 남겨 주신 유산을 받고 싶습니다."

하지만 한백사는 상혁을 비웃으며 말했다.

"크게 착각하고 있구나. 그건 네 아비의 물건이 아니라 운성의 물건이니라."

"하다못해 아버지의 일기라도 돌려주십시오. 그것까지 가문의 물건이라고 하실 수는 없습니다."

"당장 끌어내라."

"할아버지!"

"나는 네 할아버지가 아니다."

상혁이 발버둥을 쳤지만 돌아온 것은 매질뿐이었다. 상혁은 최대한 방어적으로 버텨 보았으나 가문의 무사들에게 반격할 수는 없었다.

상혁은 흠씬 두들겨 맞고 마구간에 처박혔다.

"하아. 일기는 받을 수 있을 줄 알았는데……."

애초에 돈, 무기, 이런 것에는 관심 없었다. 받을 수 있을 것이라는 생각도 하지 않았다.

오직 아버지의 일기.

훗날 나이가 들면 꼭 읽어 보라고 말했던 그 일기장만은 돌려받고 싶었다.

"……어떻게 받지?"

그렇게 중얼거릴 때였다.

"그렇게 맞을 거 왜 돌아왔어?"

마구간이 열리며 주은희가 들어왔다.

아버지가 가문으로 데리고 온 소녀로 운성에서 유일하게 상혁의 편이라고 할 수 있는 사람이었다.

"누나? 여긴 어떻게 알고 왔어?"

"먼지바람 날리게 얻어맞는데 모를 수가 있나? 가만히 있어 봐. 약 좀 바르게."

가만히 상처에 약을 발라 주던 주은희는 피식 웃으며 말했다.

"그래도 잘했어. 좋은 친구 만나서 청신으로 갔다며?"

"사람들이 그렇게 말해?"

"아니, 네가 비겁하게 청신에 붙어서 배신했다고 욕하지. 하지만 그게 네가 잘하고 있다는 증거 아니겠어? 운성이 욕하는 사람들은 대부분 착한 사람들이잖아."

"그것도 그렇네."

"일기장 가지러 온 거지?"

"응. 그래도 법적으로는 내 거니까 나한테 줄 줄 알았는데."

"순진하기는. 너희 집 사람들을 그렇게 몰라?"

주은희는 피식 웃고는 말을 이어 갔다.

"너 뒷산 계곡 기억나? 너희 아빠랑 같이 가서 고기 잡던."

"응. 기억해. 거긴 왜?"

한규호는 상혁이 7살일 때 병환으로 사망했다.

그때까지는 나름 상혁도 도련님 대접을 받으며 수련도 하고 아버지와 함께 놀러 다니기도 했었다.

아버지가 돌아가시고 난 뒤에는 바로 시종과 다를 바 없는 취급을 받았지만 말이다.

"거기 작은 동굴 있잖아. 거기 있어. 일기장."

"응?"

"너 올 줄 알고 내가 훔쳐 놨거든."

"……어떻게?"

"주인님이 나한테 부탁했어. 일기장만큼은 꼭 너한테 전달해 달라고. 비록 못 지키고 뺏겼지만 다시 훔치면 되지."

한규호가 죽었을 때 어렸던 주은희는 그의 일기장을 자신의 방에 숨겼다.

하지만 결국 한백사에게 빼앗겼고 주은희는 그때부터 훔칠 기회만을 엿보고 있었다.

"아니, 그 말이 아니잖아. 할아버지 성격이면 숨겨 두었을 텐데. 그걸 어떻게 훔친 거야?"

"다 방법이 있지. 애들은 몰라도 돼. 빨리 가서 찾아봐. 산

짐승이 물어 가 버리기 전에."

"알았어. 빨리 갔다 올게."

"오지 마. 찾았으면 도망쳐. 안 그러면 다시 뺏겨. 알았어?"

"응. 알았어."

상혁은 가만히 주은희를 바라보다 고개를 끄덕이고는 밖으로 나갔다.

그녀의 말대로 그냥 떠나 버릴 생각은 아니었지만 여기서 말싸움하고 있을 시간도 없었다.

주은희는 그런 상혁의 뒷모습을 바라보며 중얼거렸다.

"그래도 좋은 친구 만나서 다행이네. 걱정할 필요는 없겠어."

상혁이 나가고 얼마 지나지 않아 무사들이 마구간을 박차고 들어왔고 그 뒤로 새하얗게 질린 한백사가 들어와 외쳤다.

"한상혁!"

한백사의 괴성에도 주은희는 태연하게 약을 정리했다.

상혁이가 왔으니 그가 숨겨 둔 아들의 일기장을 확인해 보리라는 것쯤은 예상할 수 있었다.

한백사는 주은희를 발견하고는 이를 갈았다.

아들이 데리고 온 천한 여자.

"너구나."

증거는 없지만 확신이 들었다.

일기장을 훔쳐 간 것이 주은희라는 것을 말이다.

"무슨 이야기를 하시는지 소녀는 잘 모르겠습니다."

"상혁이는 어디 있느냐?"

"글쎄요. 운성의 사람도 아닌데 제가 어떻게 알겠습니까?
저도 엿이라도 하나 주려고 왔으나 없어져서 당황하던 참이
었습니다."

주은희는 미소와 함께 주머니에서 엿 하나를 꺼내 들었다.

"가주님이라도 드시겠습니까?"

마지막에 와서 못 할 말이 어디 있겠는가?

속 후련하게 지금까지 하고 싶었던 말을 뱉은 그녀였다.

◆ ◈ ◆

도시 근처의 계곡.

상혁은 어렸을 적 아버지와 함께 발견한 동굴에서 작은 목
제 상자를 발견할 수 있었다.

그 안에는 위자일기(爲子日記)라고 적힌 책자가 있었다.

아들을 위한 일기라는 뜻이었다.

상혁은 조심스럽게 첫 장을 펼쳐 보았다.

첫 장에는 아버지가 남긴 편지가 남아 있었다.

-아들에게.

언젠가부터 운성은 그 기개를 잃고 소인배들의 소굴이 되

었다.

만인지적(萬人之敵)의 무공이었던 천뢰쌍검은 오히려 퇴보해 시정잡배들이나 배우는 무공이 되고 말았구나.

나는 많은 시행착오를 거쳐 천뢰쌍검의 진정한 수련법을 찾아내 여기에 적는다.

아들아. 너는 내가 겪은 많은 시행착오를 겪지 말고 무신의 경지에 올라 운성을 다시 일으켜 주기를 바란다.

사람됨의 옳고 그름을 깨달아 만인을 위해 사는 훌륭한 무사가 되기를 빈다.

끝까지 지켜 주지 못해 미안하구나.

못난 아비가.

고작 일기라고 생각했던 것은 천뢰쌍검의 비급이나 다름없었다.

아니, 정확히 말하면 한백사가 가지고 있는 비급보다도 훨씬 뛰어난 것이었다.

한백사가 이 일기를 상혁에게 돌려주지 않은 것도 바로 그 이유였다.

"……."

상혁은 조용히 아버지의 일기를 읽기 시작했다.

기본적인 초식과 보법부터 상급 무공을 익히는 방법까지 자세하게 적혀 있었으며 중간중간 보이는 사족에는 아들을 생각하는 마음까지 깃들어 있었다.

-이 동작을 수련할 때는 무릎을 조심하거라. 자칫 잘못하면 관절을 다칠 수 있다.

-이 초식을 수련할 때는 검을 강하게 쥐는 것보다 힘을 빼는 것이 중요하다. 실수하기 쉬운 부분이니 조급해하지 말고 반복해서 수련하거라.

상혁은 아랫입술을 깨물다 아버지의 일기를 다시 상자에 넣었다.

일단 주은희부터 운성에서 빼내야만 했다.

늦든 빠르든 일기가 사라졌음을 한백사가 알아차릴 것이고 그렇게 되면 가장 먼저 주은희와 자신이 의심받을 테니 말이다.

상혁은 아버지의 일기를 안전하게 숨긴 뒤 저택으로 향했다.

'아직 안 걸렸을 거야.'

그렇게 기도하며 저택으로 간 상혁은 눈을 질끈 감을 수밖에 없었다.

주은희가 마당에서 고문을 받고 있던 것이다.

"정말로 네가 훔친 것이 아니냐?"

"아니라고 하면 믿어 주실 것도 아니면서 뭘 그렇게 계속

물어보십니까?"

"그래도 아들 유언이라고 살려 두었더니. 쯧쯧. 그래, 어디 한번 누가 이기는지 해보자꾸나."

한백사가 손을 들어 흔들자 무사들이 불에 달군 인두를 가져다 대었다.

주은희는 이를 악물며 참았으나 터져 나오는 비명을 막을 수는 없었다.

"꺄아아아악!"

상혁은 대문 밖에서 주은희를 발견하고는 안으로 뛰어들었다.

"지금 뭣들 하시는 겁니까!"

상혁의 외침에 모두의 시선이 그에게로 돌아갔다.

주은희는 당황한 얼굴로 돌아온 상혁을 바라봤다.

"너……!"

돌아오지 말라고 말했는데 말이다.

상혁은 바로 한백사의 앞에 무릎을 꿇으며 말했다.

"어찌하여 이러십니까, 할아버지?"

"도둑년을 벌하는 게 그리도 이상하더냐. 네 아비의 일기를 이년이 훔쳐 갔더구나."

"……."

벌써 들켜 버렸다.

한백사는 상혁을 내려다보며 말했다.

"이년이 훔쳐 간 물건이라도 돌아오지 않는 한 죽음으로 그 죄를 다스릴 것이다."

한백사는 상혁의 반응을 살폈다.

감정이 얼굴에 전부 드러나는 어린아이다.

정치에 도가 튼 한백사의 상대가 될 수는 없었다.

'아마도 일기는 저놈이 가지고 있겠지.'

한규호를 아버지처럼 따르던 저 시녀가 그 일기를 왜 훔쳤 겠는가?

굳이 고민하지 않아도 답은 나와 있었다.

"상혁이 너는 아느냐? 그 일기가 어디 있는지."

"그, 그건……."

상혁은 고민했다.

사실을 말하고 주은희를 살려야 할까?

아니, 고민할 것도 없었다.

사람의 목숨보다 중요한 것은 없는 법.

'그냥 일검류를 수련하면 된다.'

서하의 은혜로 이미 일류 무공을 배울 수 있는 상혁이었다.

아버지의 일기만 포기하면 된다.

아버지가 정성스럽게 적어 놓은 조언들이 마음에 걸렸으 나 눈물을 머금고 포기해야만 했다.

"아버지의 일기는……."

상혁이 입을 여는 순간이었다.

"꺄하하하하!"

주은희가 실성한 듯 웃다가 크게 외쳤다.

"도련님한테 있을 리가 없지 않습니까? 그래요. 제가 훔쳐 팔았습니다. 그 일기. 양반이 쓴 일기라고 하니까 비싸게 팔리더군요."

"그걸 지금 나보고 믿으라는 거냐? 네가 네 주인의 유품을 팔았다고?"

그 누구도 믿지 않는 눈치였지만 주은희는 계속해서 말을 이어 갔다.

"네. 가주님 손에 들어가는 것보다는 백배 천배 나으니까요. 가주님 손에 그 일기가 들어가는 걸 보느니 차라리 죽고 말지요."

주은희는 비장한 얼굴로 상혁을 돌아보며 말했다.

"전 그렇게 생각합니다. 도련님."

일기를 넘기면 스스로 목숨을 끊겠다.

그런 경고였다.

상혁이 입을 다물자 한백사는 무심하게 말했다.

"그래? 그럼 죽어야겠구나. 끌고 가 목을 베라."

아쉬운 쪽이 지는 승부였다.

주은희의 숨이 끊어질 때까지 입을 다물고 있으면 상혁의 승리. 그게 아니라면 한백사의 승리였다.

하지만 한백사는 승리를 확신했다.

29

'멍청하게 올곧은 아이지.'

그렇기에 남의 희생을 가만히 두고 보지 못할 것이다.

아니나 다를까, 상혁은 하얗게 질려 머리를 바닥에 찧었다.

"……한 번만 용서해 주십시오."

"자백했는데 어떻게 용서를 해 준단 말이냐?"

"무슨 일이라도 하겠습니다. 부디 한 번만 용서해 주세요."

"그래, 그러니까 사라진 네 아비의 일기장이라도 가져오면 곤장형 정도로 봐주겠다. 혹시 네가 가지고 있다면 지금이라도 가져오너라. 더 늦기 전에."

상혁은 대답하지 못했다.

일기장은 넘겨줄 수 없다.

주은희는 한다면 하는 사람이었다. 만약 일기장을 넘긴다면 주은희는 상혁을 원망하며 목을 매 죽을 것이었다.

그것을 알기에 상혁은 그저 머리를 땅에 찧으며 용서를 구할 수밖에 없었다.

"정말 무슨 일이라도 하겠습니다. 제발 살려 주십시오. 가주님."

상혁은 더는 한백사를 할아버지라고 부르지 않았다.

가족에게 부탁하는 것이 아니라 가주에게 부탁하는 것이었다.

이제 이 땅에 상혁의 가족은 없으니까.

"쯧쯧쯧. 한심한 놈. 가서 목을 베라."

그 순간 한백사의 머리에 좋은 생각이 스쳐 지나갔다.

'잠깐만…….'

이렇게까지 했음에도 일기를 돌려주겠다는 말이 없는 것을 보면 배짱 싸움을 해 봤자 얻을 수 있는 게 없다는 뜻이다.

그럴 바에는 상혁을 이용해 무언가 이득을 얻는 것이 좋지 않을까?

뭐든 하겠다고 했으니 주은희가 있는 한 마음대로 상혁을 이용해 먹을 수 있었다.

그리고 방학이 끝나면 곧 성무대전이 시작된다.

'아마도 우승은 그 청신 꼬맹이겠지.'

이서하가 백두검귀를 죽였다는 소문이 돌았었다.

그것이 사실이라면 영수가 아무리 날고 기어도 우승할 수는 없으리라.

'그리고 이놈은 그 청신 놈과 친구고…….'

잘만 이용하면 영수를 성무대전의 우승자로 만들 수 있을 것이다.

'이용할 수 있겠어.'

청신을 배신하면 상혁은 운성으로 돌아올 수밖에 없다. 은혜를 배신으로 갚은 놈을 받아 줄 성인군자는 이 세상에 존재하지 않을 테니 말이다.

게다가 상혁은 주은희만 살려 두면 언제든 마음대로 사용할 수 있는 칼이 될 것이었다.

'영수에게도 좋은 칼 하나는 있어야지.'

손익을 따져 본 한백사는 음흉한 미소와 함께 말했다.

"뭐든 하겠다고 했느냐?"

"네, 그렇습니다."

"그럼 이서하를 배신할 수 있겠느냐?"

"……."

상혁은 입을 다물었다.

고민한다는 것만으로도 한백사는 만족했다.

주은희의 목숨이 걸려 있는 한 결국 상혁은 청신을 배신할 것이다.

그만큼 무른 놈이니 말이다.

"지금 답할 필요는 없다. 성무대전이 시작될 때 그때 답하도록 하라."

"……감사합니다. 가주님."

상혁의 인사를 들으며 한백사는 껄껄거리며 웃었다.

성무대전이 기다려지기 시작한 그였다.

◆ ◈ ◆

"……그렇게 된 것입니다."

"꽤 자세하게 알고 계시네요."

"운성에는 정보원들이 많습니다. 그 이유는 아실 거로 생각하겠습니다."

과거 강하고 충성스러웠던 운성은 이제 비열한 사업가가 된 지 오래였다.

그들의 목적은 오직 땅과 돈뿐.

자신들의 이득만을 위할 뿐, 충성심이라고는 남아 있지 않은 운성을 감시하는 것은 당연했다.

"그래서 상혁이가 받은 지령은 뭐죠?"

"독을 타는 것입니다. 서하 도련님과 식사 자리를 마련한 뒤 독을 먹여 이틀 뒤에 있을 4강에 출전하지 못하게 만드는 것이 목적입니다."

"상혁이는 받아들였습니까?"

"아무 말 없이 독만 가지고 나왔습니다."

어떤 선택을 할까?

여기까지 오자 내가 한상혁이라는 사람을 제대로 알고 있는 것인지에 대한 의문이 들었다.

한상혁.

후방의 영웅.

민중의 수호자.

비운의 천재.

여러 칭호를 가지고 있던 그를 직접 만난 적은 한 번도 없었다.

그저 소문과 기록대로라면 믿을 수 있는 인물이라고 판단했을 뿐이다.

이번이 시험대가 될 것만 같다.

"알겠습니다. 덕분에 모든 사정을 알았습니다."

"언제든 필요하시면 불러 주십시오."

정도윤이 사라지고 나는 달을 올려다보았다.

한번 확인해 보자.

한상혁이 어떤 선택을 하는지.

다음 날.

정도윤의 보고대로 상혁이는 나에게 저녁을 권했다.

연기가 서툰 녀석은 시합 전날 자기가 맛있는 걸 사 주고 싶다며 비싼 식당으로 향했다.

"야, 여기 비싼 데 아니냐? 너한테 돈이 어디 있다고."

"많이도 못 사는데 한 번 사는 거 제대로 사야지."

개인실.

상혁은 직접 차를 타며 말했다.

"너한테는 고마운 게 많아서. 그래서……."

"뭘 고맙냐? 친구 사이에."

나는 녀석의 등을 바라봤다.

힘없이 축 처진 어깨에서 녀석의 생각이 보였다.

너는 무엇을 선택할까?

무엇을 선택하더라도 이해는 가능하다.

이윽고 상혁이 나에게 차를 건넸고 나는 받자마자 한 번에 들이켰다.

뜨거운 차가 목을 태우며 들어왔고 나는 입맛을 다셨다.

효과가 뒤늦게 나오며 생명에는 지장이 없는 독이라면 아마도 청용독(青容毒)일 것이다. 시간이 지날수록 얼굴이 파랗게 질리고 극심한 복통에 시달리는 독이다.

그리고 이것은 살짝 시큼한 맛이 난다.

난 상혁이 어떤 선택을 했든 나는 그의 선택을 존중할 생각이었다.

그것이 내가 사람을 믿는 방법이었다.

배신당하면?

그때부터는 안 믿지 뭐.

내가 뜨거운 차를 단숨에 들이켜자 상혁이는 놀란 눈으로 말했다.

"안 뜨거워?"

"뜨거워. 겁나 뜨겁다. 혀가 다 얼얼하네."

나는 찻잔을 내려놓은 뒤 말했다.

"그런데 너. 어쩌려고 그러냐?"

"응?"

"왜 독 안 탔어? 네 누나 죽는다며."

"……."

상혁은 당황한 얼굴로 한참을 침묵하다 말했다.

"알고 있었어?"

"응. 알고 있었어."

"그런데 마신 거야?"

"응. 탔을 줄 알았는데. 안 탔네?"

상혁은 찻잔과 나를 번갈아 보다가 정색했다.

"그걸 알면서 왜 마셔? 내가 탔으면 어쩌려고? 성무대전이 장난이야? 그걸 왜 마셔? 그걸 왜 마시냐고 이 미친 새끼야!"

상혁은 민망함과 올라오는 화를 이기지 못하고 소리 질렀다.

그렇게 씩씩거리던 녀석은 내 앞에 앉은 뒤 한숨을 내쉬며 이마를 짚었다.

"내가 널 어떻게 배신하냐? 넌 나를 맹목적으로 믿어 줬는데……."

나는 울먹이는 녀석을 보다가 말했다.

"그래도 배신하는 사람 많아. 넌 어떤 사람인가 본 거야. 그렇게 감동받지 마. 상황이 상황이니까. 솔직히 반신반의했지."

"원래는 타려고 했어. 근데 손이 안 움직이더라."

상혁은 아랫입술을 깨물며 눈물을 참았다. 그리고는 떨리는 목소리로 입을 열었다.

"어떻게 안 되겠지? 서하야."

참 빨리도 말한다.

하지만 괜찮다.

지금도 늦지는 않았으니까.

"아니, 돼. 되게 만들 거야."

"설마 한영수한테 져 주려고? 나 때문이라면……."

"그건 놈이 원하는 대로 해 주는 거니까 그렇게는 못 하지."

"그러면 어떻게 하려고?"

아무리 청신의 힘이라도 운성 내부의 일에 관여할 수는 없었다.

주은희는 자신이 훔쳤음을 자백했고 이를 살릴 방법은 값을 지불하고 그녀를 사는 것밖에 없으리라.

하지만 주은희는 상혁이를 옭아맬 수 있는 목줄이나 다름없었기에 운성에서 순순히 팔아 줄 리가 없었다. 아마 산다고 해도 터무니없는 금액을 부르겠지.

"일단 네 누나를 빼돌려야지."

"할아버지가 쉽게 포기하지는 않을 텐데? 괜찮겠어?"

"맞아. 쉽게 포기 안 할 거야. 그냥 빼돌리면 우리가 범인이라고 쉽게 유추하고 바로 압박해 오겠지."

주은희가 사라진다면 운성은 당연히 나와 청신, 그리고 상혁이를 의심할 것이었다.

거기다 청신이 주은희를 보호해 주다가 운성에게 들킨다면 정치적으로 큰 공격을 당할 것이다.

어쨌든 그녀는 가문의 물건을 훔친 범죄자니 말이다.

그런 위험은 감수할 생각이 없다.

"……지금 이런 소리를 할 때는 아니지만 너와 네 가문에 더 피해를 줄 수는 없어. 이미 너무 많은 걸 받았으니까."

"나도 내 가문에 피해를 줄 생각은 없어. 다 방법이 있어."

"방법?"

"죽은 사람을 찾지는 않잖아."

난 고개를 갸웃하는 상혁을 향해 미소를 지어 보였다.

"가자. 죽음을 위장하러."

뭐든 방법은 있기 마련이다.

◆ ◆ ◆

운성가(家)의 사람들이 머무는 저택은 국왕 전하가 마련해 준 것이었다.

운성의 사람들도 엄밀히 전하의 손님으로 온 것이었기에 혹시나 불상사가 일어날까 경비가 삼엄했다.

"쉽지 않겠는데? 누나가 어디 있는지도 모르고."

상혁이 걱정스럽게 말했다.

빈틈이 없어 보였으나 나는 걱정하지 않았다.

"이미 손은 써 뒀어."

때마침 정도윤이 어둠에서 나오며 말했다.

"목표는 독방에 갇혀 있습니다. 경비는 제 부하들로 바꿔 놓았으니 편하게 들어가시면 됩니다."

후암(後暗)은 이 땅 모든 곳에 존재했다.

왕실 직속 부대인 만큼 온갖 곳에 단원들이 있었고 몇몇은 운성가를 호위하고 있었다.

정도윤은 살짝 손을 써 경비를 후암의 단원들로 바꾼 것이었다.

"한 시진에 한 번씩 교대하므로 그 안에 일을 끝마쳐야 합니다. 이쪽으로 가시죠."

정도윤은 이미 돌입 경로까지 준비를 마쳐 놓았다.

나는 상혁이와 함께 독방 안으로 들어갔다.

1평도 안 되는 작은 독방 안에서 주은희는 벽에 기대 꾸벅꾸벅 졸고 있었다.

"누나!"

생각보다도 상황이 좋지 않았다.

상처가 심한 환자를 이런 비위생적인 곳에 두다니 말이다.

상혁은 분노해 얼굴을 붉히며 주은희의 어깨를 잡았다.

잠에서 깬 주은희는 화들짝 놀라며 상혁이와 나를 번갈아 보았다.

"어떻게 들어왔어? 그리고 저분은……."

"청신의 이서하입니다. 상혁이 친구예요."

"아, 당신이……."

주은희는 애써 몸을 일으킨 뒤 허리를 숙여 인사했다.

"상혁 도련님에게 새로운 인생을 주셨다고 들었습니다. 고맙습니다. 서하 도련님."

"감사 인사는 이번 일이 잘 풀리고 제대로 받겠습니다."

시간이 없다.

나는 빠르게 설명을 시작했다.

"지금부터 당신을 가사 상태로 만들 겁니다."

"가사 상태요?"

"죽음을 위장하는 겁니다. 생명 유지에 필요한 모든 활동을 억제해 죽은 것처럼 보이게끔 만드는 거죠."

"……"

주은희가 이해할 수 없다는 듯 바라보자 상혁이 말했다.

"한 번 죽었다가 다시 깨우는 거야."

"그렇구나."

주은희는 마음을 다잡으며 말했다.

"바로 시작하시죠."

주은희는 죽음을 각오한 사람과도 같았다.

나는 그녀의 목을 바라봤다.

스스로 목숨을 끊으려던 흔적이 있었다.

상혁이에게 짐이 된다는 생각에 한 행동일 것이다.

그리고 실패한 원인도 알 것만 같았다.

'아마 자살 못 하게 밖에서 감시했겠지.'

주은희가 계속 살아 있어야만 상혁이를 마음대로 휘두를 수 있을 테니 말이다.

"집중 좀 해야 하니까 상혁이 너는 좀 나가 있어. 망도 같이
봐 주고."

"응. 알았어."

상혁이 밖으로 나가자 주은희가 말했다.

"위험한 일인가요?"

"위험합니다. 자칫 잘못되면 다시 살아나지 못할 수도 있
어요."

가사 상태가 오래되면 오래될수록 살아 돌아오기가 쉽지
않았다.

"그거 좋네요."

나는 미소 짓는 주은희를 바라봤다.

"내가 죽으면 상혁 도련님의 족쇄도 풀리겠죠?"

"……글쎄요. 그런 사람도 있겠죠. 다 잊고 그냥 살아가는
사람. 그런데 보통은 후회되는 일이 더 기억에 남는 법입니
다. 평생 죽을 때까지 잊히지 않죠."

나는 주은희의 눈을 똑바로 보며 말했다.

"이번에 당신이 죽으면 상혁이는 평생 후회하며 살 겁니
다. 절대로 끊을 수 없는 족쇄가 생기겠죠. 저도 그렇습니다.
친구의 누나를 죽였다는 후회를 품고 평생을 살겠죠. 그러니
까 죽을 생각 말고 버티세요. 죽었다가 살아 돌아오기 위해서
는 강한 의지가 필요합니다."

주은희는 머쓱하게 목을 쓰다듬으며 말했다.

"꼭 죽어 보신 것처럼 말씀하시네요?"

"그렇게 들렸나요? 시작하죠. 일단 이걸 드세요."

나는 먼저 준비해 온 약물을 건넸다.

이는 심신을 안정시키고 몸을 나른하게 만드는 효과를 가진 것이었다.

주은희는 이게 무엇이냐고 묻지도 않고 바로 마시고 편안하게 기대앉았다.

나는 맥을 짚은 상태로 약 기운이 온몸에 퍼지기를 기다렸다.

이윽고 침을 놓을 차례가 되었다.

깊게 심호흡한 나는 첫 번째 혈에 침을 꽂았다.

천천히 하자.

효정 선인님을 치료했던 때와는 또 다른 상황이니 서두를 필요는 없다.

'천천히. 확실하게.'

그렇게 혈 하나하나 집중해서 침을 놓은 지 한 시진.

총 97개의 침을 꽂고 다시 뺀 나는 주은희의 상태를 확인했다.

맥이 죽은 듯 거의 뛰지 않고 있었고 코에 귀를 가져가도 숨소리가 들리지 않았다.

누가 봐도 죽은 것과 같아 보였다.

하지만 살아 있다.

희미하게 뛰는 맥박을 확인한 나는 밖에 있는 상혁이를 불렀다.

상혁은 헐레벌떡 뛰어와 주은희를 살피며 말했다.

"……죽은 건 아니지?"

"아니야. 희미하지만 맥박은 있어. 색의를 입을 정도의 선인이라면 느낄 수도 있을 정도야."

생사침술을 배우지 않았다면 나 또한 느낄 수 없었을 정도로 미세한 맥이었다.

아마 눈치 채지 못할 것이다.

"얼마나 버틸 수 있는 거야?"

"한두 시진 정도는 괜찮아. 빨리 움직이자."

나는 밖에서 대기 중인 정도윤의 부하들에게 말했다.

"지금 바로 운성의 가주에게 죄인이 죽었다고 전해 주세요. 음독자살을 시도했다고 말씀하시면 될 겁니다."

"알겠습니다."

나는 상혁이와 함께 독방이 보이는 곳에 자리를 잡고 몸을 숨겼다.

그리고 얼마 지나지 않아 한백사가 나타났다.

그는 방 안에 누워 있는 주은희와 바로 옆에 떨어져 있는 약병을 발견하고는 분노에 찬 얼굴로 말했다.

"확인해 봐라!"

방으로 들어갔던 시종은 헐레벌떡 뛰어나와 말했다.

"맥박도 없고 숨도 쉬지 않습니다. 죽은 게 맞습니다. 옆에 약병도 있습니다."

"하아······."

한백사는 호랑이 같은 얼굴로 수비대를 향해 외쳤다.

"독약은 어떻게 가지고 있는 것이냐? 내가 그렇게 조심하라고 말했거늘!"

"그건 저희도 잘······."

"쯧. 쓸모없는 것들."

그 상황을 지켜보던 한명호가 옆으로 걸어왔다.

"이제 어쩌실 겁니까? 이 여자가 죽은 걸 알면 상혁이가 영수에게 져 주지 않을 겁니다."

순간 상혁이가 인상을 찌푸렸다.

아무리 시종이라지만 집에서 십 년을 넘게 일한 사람이 죽었음에도 저들은 다른 것을 걱정하고 있었다.

한백사는 거기서 한술 더 떴다.

"그놈이 알 길이 있겠느냐? 어차피 내일이면 준결승과 결승이 모두 진행된다. 내일까지만 이용하면 돼. 그 재수 없는 건 어디 몰래 가져다 버려라."

"이런 미친······."

상혁이는 터져 나오는 화를 겨우겨우 삼켰다.

하지만 나로서는 차라리 잘됐다.

'그럴 줄 알았다.'

괜히 장례식을 해 주겠다거나 하면 오히려 골치 아파질 수 있었다.

운성에서 이렇게 쥐도 새도 모르게 시체를 처리한다면 주은희가 죽었다는 것을 그 누구도 알 수 없었기에 뒤처리가 더욱더 쉽다.

그렇게 생각하는 사이 수비대가 시체를, 아니 가사 상태의 주은희를 짊어지고 이동하기 시작했다.

"우리도 움직이자."

주은희를 짊어진 것은 정도윤의 부하들이었다.

그들은 한백사의 명령이 떨어지기가 무섭게 달려들어 주은희를 짊어지고 약속된 장소로 향했다.

도착한 약속 장소는 산 초입의 개천가.

수비대는 주은희를 돗자리 위에 눕힌 뒤 고개를 숙이고 사라졌다.

"잠시만 기다려."

상혁이는 고개를 끄덕이고는 멀리 물러나 두 손을 모으고 나를 바라봤다.

지금부터가 시작이다.

잠입은 정도윤의 도움으로 쉽게 성공할 수 있었고 가사 상태에 빠지게 하는 것은 방법만 안 다면 그리 힘든 수준이 아니었다.

하지만 가사 상태를 깨우는 건 말이 다르다.

여기서부터는 실수해서는 안 된다.

천천히. 몸이 자연스럽게 회복해 깨어나게끔 하지 않으면 온갖 문제가 생길 수 있었다.

맥을 짚으며 첫 번째 침을 놓고 다시 맥을 짚는다.

어느 정도 맥이 돌아왔음을 확인한 뒤에야 두 번째 침을 놓을 수 있고 이를 반복해야만 했다.

만일 너무 빠르게 침을 놓으면 놀란 몸이 발작을 일으킬 것이고 너무 늦게 놓을 경우 제 시간 내에 되살릴 수 없다.

너무 서둘러서도, 너무 늦어서도 안 된다.

이윽고 나는 마지막 침을 찔렀다가 빼는 것으로 시술을 마쳤다.

이제 깨어날 수 있을지 없을지는 주은희 본인에게 달렸다.

"다 된 거야?"

"응. 내가 할 수 있는 일은 다 했어. 이제는 주은희 씨가 이겨 내기를 바랄 뿐이야."

약선님의 말에 따르면 모든 것을 완벽하게 하더라도 가사 상태에서 회복하지 못할 수 있다고 했다.

사람마다 회복력이 다르기 때문이다.

상혁이는 주은희의 손에 이마를 가져다 대고 기도했다.

"제발, 제발, 제발……."

나는 한 걸음 떨어져서 바라봤다.

원래 이렇게 오래 걸리나?

회귀 전, 그 어떤 상황에서도 냉정함을 유지하던 내 심장이
두근거리기 시작했다.

이번 삶은 실패해서는 안 되는데.

그 어떤 것도 실패할 수 없는데.

실패. 실패. 실패.

두 글자가 내 뇌를 꽉 채우기 직전이었다.

"……상혁아."

주은희가 눈을 떴다.

"누나!"

나는 바로 주은희에게 달려들어 맥을 잡았다.

"……정상이야."

상혁이는 고개를 끄덕이고는 다시 주은희의 손에 이마를
박았다.

"고맙다. 정말 고마워."

"정신이 드십니까?"

주은희는 살짝 고개를 숙였다.

하지만 아직 몸을 움직일 수 있는 상황은 아니었다.

한 번 죽었던 몸이 정상으로 돌아오려면 최소 몇 시진이 필
요했으니까.

나는 주변을 둘러보았고 때마침 정도윤이 나타나 줬다.

"찾으셨습니까?"

"주은희 씨를 부탁합니다."

"네. 준비하겠습니다."

정도윤이 준비하는 사이 나는 주은희와 상혁에게 다음 계획을 설명했다.

"상혁아. 이제 누나를 화강으로 보낼 거야."

"화강? 거긴…….."

"아린이네 도시지. 청신은 수도랑 가깝기도 하고 혹시 운성에서 누나가 살아 있다는 걸 알아차렸을 때 가장 먼저 수색할 곳이기도 해. 하지만 화강은 비교적 멀면서 우리와 직접적인 관계가 없는 곳이야. 조금은 더 안전하겠지."

"아린이는 아는 거야?"

"아린이 아버지는 이미 알고 계셔. 무슨 일이 있어도 안전하게 보호해 주신다고 약조해 주셨어."

"응. 그렇게 하자."

상혁이가 고개를 끄덕였고 나는 주은희를 바라보며 고개를 끄덕였다.

이윽고 정도윤이 작은 가마를 가지고 왔다.

화려한 가마는 누가 보아도 양반집 아가씨가 들어 있다고 생각할 것이었다.

"이걸로 이동하면 들키지 않을 겁니다."

"부탁합니다."

"누나. 기다리고 있어. 꼭 찾아가 볼게."

주은희는 미소와 함께 가마에 올라타며 나에게 말했다.

"감사합니다. 도련님."

"몸조리 잘하세요."

"도련님 말대로 열심히 살아 볼게요."

그 말을 마지막으로 주은희는 떠나갔다.

나와 상혁이는 동시에 안도의 한숨을 내쉬었다.

밤이 긴 느낌이다.

하지만 안도도 잠시.

아직 가장 중요한 것이 끝나지 않았다.

"자, 이제 가는 게 있으면 오는 것도 있어야겠지?"

"말만 해. 뭐든 해 줄 수 있으니까."

"그래? 사실 내가 빌고 싶은 소원이 있거든. 그래서 네가 그걸 좀 도와줬으면 좋겠어."

"그러지 않아도 결승에서는 내가 져 줄 생각이었어. 사실, 제대로 해도 이길 수 있을지는 모르지만."

"아니. 그럴 필요는 없어. 오히려 전력을 다해서 싸워야 해."

"너 소원 있다며?"

"응. 소원 있지. 그래도 우리의 가능성을 보여 주는 편이 점수도 따고 좋지 않겠어?"

기왕 국왕 전하 앞에서 실력을 뽐낼 기회였다.

최대한 나와 상혁이의 주가를 올린 뒤 소원을 빌어도 나쁠 것이 없다.

성무학관에 입학하기 전에는 중간만 하자고 생각했지만

이미 수석까지 한 마당이니 말이다.

"다 생각이 있으니까 들어 봐. 너와 내가 전하를 위해 아주 멋진 공연을 해야 하니까."

난 그 누구도 패배하지 않을 멋진 결승전을 만들 생각이었다.

◆ ◈ ◆

성무대전의 날이 밝았다.

소성무대전의 4강과 결승은 하루 만에 치러졌다.

혹시나 4강에서 승리하더라도 부상을 입으면 어떡하냐고?

그럼 그냥 탈락이다.

대성무대전이 16강부터 4일에 걸쳐 펼쳐지는 것을 생각하면 일종의 바람잡이 대회라고 할 수 있었다.

그래도 대성무대전의 16강도 같이 치러지는 날이었기에 경기장 안에는 사람들로 가득 찼다.

그리고 그 귀빈석에서 이강진을 필두로 한 청신 가문과 한백사를 필두로 한 운성 가문이 서로 마주했다.

"드디어 오늘이군요. 철혈님."

"그러게 말입니다. 얄궂게도 운성의 아이와 저희 서하가 붙게 되었군요. 이거 참. 자제분이 결승에 못 가게 되어서 유감입니다."

이강진의 조롱에 한백사는 호탕하게 웃었다.

"하하하! 사람들의 예상을 뒤집는 것도 재밌겠지요. 전 오히려 강자를 만나 아주 만족하고 있습니다. 이 많은 사람 앞에서 우리 운성의 힘을 보여 줄 기회니까요."

한백사는 자신만만하게 말하고는 자리로 돌아가며 정색했다.

"상혁이는 성공했다더냐?"

"그렇다고 합니다. 하지만 약선의 제자라 해독약을 가지고 있을 수도 있으니 조심하라고 합니다."

"해독약이라고 해도 전부 회복할 수는 없을 것이다. 증상이 오늘 아침에 나왔을 테니 말이야."

한백사는 피식 웃었다.

"그리고 혹시 몰라 영수에게 비장의 무기를 건네주었다."

"무엇을 주었습니까?"

"천진단(天辰丹)이다."

먹는 순간 엄청난 내공을 가지게 되는 영약이었다.

일회성이며 단발적인 후유증도 있지만 일단 결승에 가기만 한다면 우승은 확정이었기에 상관없다.

이윽고 소성무대전의 시작을 알리는 북소리가 울려 퍼지고 4강에 진출한 학생들이 경기장 위로 올라왔다.

확실히 서하의 얼굴이 좋지 못했다.

핏기가 없이 창백한 얼굴에 표정까지 좋지 않다.

한백사는 껄껄 웃었다.

"상혁이가 잘 해냈나 보구나. 그 시종 년이 죽은 줄도 모르고 말이야."

그 순간이었다.

"국왕 전하 납시오!"

쩌렁쩌렁한 목소리와 함께 귀빈석으로 국왕이 들어오고 있었다.

70대 후반의 노인은 지팡이를 짚으며 들어왔고 그 옆에는 약선과 고위 관료들이 함께하고 있었다.

한백사는 화들짝 놀라 기립했고 이강진 또한 주섬주섬 일어나 옷가지를 만졌다.

한백사의 아들 한명호는 긴장한 얼굴로 말했다.

"국왕 전하가 소성무대전 4강도 보시는 겁니까?"

"청신의 손자가 있으니 보러 오셨겠지."

대성무대전, 그것도 결승전만 볼 때도 많았다.

하지만 이번 연도에는 이서하가 있었다.

죽마고우의 손자를 보러 온 것이 분명했다.

국왕 신유철은 지팡이에 의지해 걸어야 하는 백발의 노인이었으나 그의 위압감에 식은땀이 날 정도였다.

전신(戰神) 신유철.

과거 이강진과 함께 전장을 누비며 나찰과 마수를 몰아내고 인간들의 땅을 넓혔으며 동시에 황제국까지 벌벌 떨게 했던 사람이었다.

국왕, 신유철은 이강진을 발견하고는 환하게 웃으며 말했다.

"어제는 잘 들어갔나? 취해서 비틀거리던데?"

"전하만 하려고요? 전하는 화장실을 구분 못 해 벽에 오줌을 싸지 않으셨습니까?"

"내가? 내가 그랬나?"

신유철이 뒤를 돌아보자 약선이 한숨을 내쉬며 말했다.

"거참, 나이 드신 분들이 술 좀 작작 드십시오. 그러다 골로 가십니다."

"하하하! 자네가 있는데 무슨 걱정인가? 그래, 약속대로 자네 손자를 보러 왔네. 자네 손자가 누군가?"

"저기 얼굴이 하얀 아이입니다."

신유철은 서하를 바라보고는 빙긋 웃었다.

"자네 말처럼 쓸 만한 놈인지 내 직접 보겠어."

"감동받으실 겁니다. 하하하."

그렇게 이강진과 담소를 나눈 신유철은 한백사를 발견하고는 말했다.

"아, 한 가주의 손자도 참가했다고 들었습니다."

"예, 전하."

"좋은 경기 기대합니다."

신유철은 한백사와 이강진의 바로 위쪽 의자에 앉았다.

한백사는 기분 좋게 앉아 있는 이강진을 보며 중얼거렸다.

"저놈이 나를 도와주는구나."

"도와주다니요?"

"기껏 지 손자 자랑하려고 전하를 모셨는데 덕분에 우리 영수가 이득을 보겠어."

서하의 상태는 누가 봐도 좋지 않았다.

상혁이 성공한 것이 분명했기에 영수의 승리는 이미 보장된 것이나 마찬가지였다.

"저 거만한 놈 얼굴 구겨지는 거나 보자꾸나."

한백사가 낄낄거리는 사이 첫 번째 경기가 시작되었다.

Chapter 14.

Chapter 14.

첫 번째 경기는 상혁이와 주지율이었다.

대기실은 경기장 한편에 천막으로 만들어져 있었다.

나는 천막 밖으로 나와 몸을 푸는 주지율과 상혁이를 바라 봤다.

상혁이야 알아서 몸 관리를 잘해 놓았을 테니 걱정할 필요 가 없었다.

나는 그보다 주지율이 신경이 쓰였다.

입학 순위 3위. 주지율.

주 씨 가문은 상대적으로 작은 가문이다.

도시라고 부르기도 민망할 정도로 작은 영지를 가지고 있었으며 실속도 그렇게 좋지만은 않다.

약 70년 전, 홍의선인을 배출해 영주가 되었으나 그 이후 주지율의 할아버지와 아버지는 일개 상급 무사로 활동하다 은퇴했다.

성무학관 3위로 입학한 주지율은 가문의 희망이었다.

하지만 의욕이 너무 강한 나머지 온갖 임무에 나가다가 단명하는 운명이었다.

'아쉬운 인재긴 하지.'

내가 없었다면 성무학관 2위로 입학했을 인재였다.

비록 젊은 나이에 죽어 많은 기록이 남아 있지 않아 그가 악인인지, 혹은 선인인지 정확하게 알 수 없어 조심스러운 면이 있지만 말이다.

그렇게 생각하고 있을 때 아린이가 나를 향해 다가왔다.

친인척이나 성무학관에 다니는 친구들은 선수 대기실에 들어올 수 있었다.

"괜찮아? 안색이 안 좋은데?"

"응? 아, 이거? 화장이야. 만져 봐."

"그렇네."

나는 흡족하게 앉아 있는 한백사를 바라봤다.

저 얼굴이 구겨질 시간도 얼마 남지 않았다.

그리고 그때였다.

"승자! 운성의 한상혁!"

상혁이가 주지율을 이긴 것 같았다.

주지율은 억울한 듯 주먹으로 바닥을 친 뒤 대기실로 터덜터덜 걸어갔고 상혁이는 자신의 대기실로 향했다.

다음이 내 차례다.

"다음 경기는 청신의 이서하! 그리고 이번에도 운성입니다. 한영수!"

사회자의 외침과 함께 박수가 쏟아졌고 한영수가 위로 걸어 올라왔다.

나의 완벽한 연기를 보여 줄 때군.

나는 배를 쓰다듬으며 고개를 갸웃하고는 아린이에게 물었다.

"나 아픈 거 같지?"

"응. 근데 왜 연기하는 거야?"

"그런 게 있어."

순진한 아린이는 잘 모를 것이다.

기대가 클수록 실망도 커지는 법.

나는 한백사와 한영수의 기대치를 최대치로 올린 뒤 바닥으로 떨어트릴 생각이었다.

그들이 상혁이에게 한 행동을 생각한다면 이 정도 농락은 귀여운 수준이니까.

"그럼 다녀올게."

나는 속이 안 좋은 척 열연하며 무대 위로 올라갔다.

한영수는 그런 나를 보며 피식 웃었다.

"몸 상태가 안 좋은가 봐?"

"아, 뭘 잘못 먹었는지 아침부터 이러네. 아, 그래도 걱정하지 마. 멋있게 이겨 줄 테니까."

"이 상황에서도 허세는. 참. 대단해."

너만큼이나 하겠냐?

"그럼 시작!"

시작 소리와 함께 한영수는 쌍검을 휘두르며 앞으로 달려들었다.

저건 좀 부럽다.

쌍검은 누가 봐도 멋있잖아.

난 그런 바보 같은 생각을 하면서 손쉽게 한영수의 공격을 피했다.

천뢰쌍검은 두 개의 검에서 뿜어져 나오는 빠른 공격과 화려한 변화에 강점이 있는 무공이었다.

정확히 말하자면 빠른 공격이 강점이며 화려한 변화는 특징이라고 할 수 있겠다.

한영수의 천뢰쌍검은 특징만 있고 강점이 없었다.

'내가 강해지긴 했나 보네.'

한영수와 나의 실력이 이 정도로 차이 나지는 않았을 텐데 말이다.

나는 한 손으로 배를 잡은 채로도 그의 공격을 피할 수 있었다.

하지만 밖에서는 그게 밀리는 거로 보였나 보다.

"대단합니다! 운성의 한영수! 완벽하게 밀어붙이고 있습니다."

한백사는 뭐가 좋은지 흥분한 얼굴로 관전하고 있었고 국왕 전하는 표정이 굳어 있었고 할아버지는 고개를 갸웃하며 관람 중이었다.

내가 연기 중인 걸 눈치 채셨을 것이다.

최고수인 할아버지는 물론이고 할아버지에 버금가는 고수라 불리는 것이 국왕 전하였다.

내 허접한 연기를 눈치채지 못할 리가 없다.

이제 슬슬 끝내야겠다.

나는 그렇게 생각하며 처음으로 한영수의 검을 쳐 냈다.

상혁이와 내가 준비한 공연 1막의 시작이었다.

한영수를 가장 높은 곳에서 떨어트린다.

실망이 배가 되도록.

"윽!"

내가 검을 쳐 내자 한영수가 인상을 썼다.

반격이 들어올 줄 예상 못 한 것이다.

나는 여유롭게 밀어붙이며 그에게 조언을 주었다.

"쌍검술은 공격과 방어를 동시에 할 수 있지만 그만큼 근력과 내공이 있어야 하는 법이야."

"크윽!"

한영수가 이를 악물었으나 바뀌는 건 없다.

녀석은 나의 공격을 막는 데에 급급했다.

"천뢰쌍검은 한 손으로 검을 휘둘러야 하기에 상대보다 외공 수준이 높아야 하며 두 검에 내공을 실어야 하기에 내공 소모도 크지. 간단하게 말해 다른 무공보다 두 배 더 강해질 수 있지만 어쭙잖은 실력으로는 효율이 반토막 나는 무공이야."

"이 새끼가 조잘조잘……!"

그 순간 빠직 하는 소리와 함께 한영수의 기운이 달라졌고 나는 거리를 벌렸다.

'내공이 폭발적으로 증가했다.'

이렇게 바로 효과를 내는 영약은 하나밖에 없다.

바로 천진단.

양기 폭주와 비슷한 효과를 내게 해 주는 영약이었다.

"네가 천뢰쌍검에 대해 뭘 알아!"

한영수는 도약하며 검을 휘둘렀다.

천뢰쌍검, 뇌백조(雷百爪).

번개가 땅을 긁고 지나가듯 빠르게 상대를 도륙하는 초식이었다.

하지만 허접하다.

섬뜩해야만 하는 뇌백조는 그저 어린아이가 마구잡이로 검을 휘두르는 것처럼만 보였다.

아무리 내공이 증가한다고 한들 그것을 담아내고 사용하는 법을 모르면 없는 것이나 마찬가지다.

나는 자세를 잡은 뒤 때를 노려 검을 내질렀다.

일검류, 용섬(龍閃).

목검이 한영수의 옆구리를 후려쳤다.

"꾸엑!"

이상한 비명과 함께 경기장 옆으로 날아간 녀석은 입에 거품을 물고 부들부들 떨었다.

한백사가 놀란 얼굴로 벌떡 일어나 있었고 할아버지는 박장대소하며 자기 허벅지를 내려치고 있었다.

나는 그 무엇보다 국왕 전하의 표정을 살폈다.

전하는 흡족한 듯 미소를 짓고 있었다.

그래도 내 공연이 꽤 마음에 들었나 보다.

몸이 불편한 듯 골골거리던 쪽이 마지막 한 방 대결에서 승리하는 극적인 이야기.

아마도 운성은 꽤 속이 쓰릴 것이다.

예상한 건 아니었으나 천진단까지 복용하고도 졌으니 말이다.

나는 의료진에게 실려 나가는 한영수를 바라보다 서둘러 왼손으로 배를 쓰다듬었다.

연기하는 걸 까먹고 있었다.

"아이고고. 이 몸 상태로 이겼네."

63

끝까지 연기에 신경을 써 주자.

그래야 상대가 더 비참해지니까.

"승자는 청신의 이서하입니다!"

나는 관중들에게 손을 흔들어 준 뒤 멍청한 얼굴로 한영수를 내려다보는 한백사를 향해 미소를 지어 보였다.

나와 눈이 마주친 한백사는 얼굴이 시뻘게져서 어디론가 향했다.

아마 이제 남은 유일한 희망.

상혁이에게 향했을 것이다.

이미 죽어 버린, 아니 죽음을 위장한 주은희를 가지고 협박할 생각이겠지.

하지만 어쩌나?

이미 전부 들켰는데.

"어쩜 예상을 하나도 안 비켜 가냐? 저 노인네는. 쯧쯧쯧."

이제 본 공연이 남았다.

최고의 감동을 선사해야만 모든 일이 제대로 나아갈 것이다.

나는 경기를 지켜보던 상혁이와 눈을 마주치고는 나의 대기실로 향했다.

◆ ◈ ◆

64

가만히 앉아 결승을 준비하고 있던 상혁은 흥분해 달아오른 얼굴로 들어오는 한백사를 발견하고는 자리에서 일어났다.

"오셨습니까. 가주님."

"너. 제대로 한 거 맞느냐? 어떻게 저런 움직임을 보일 수 있지?"

"약선님이 아침에 치료한 것 같다고 말씀드리지 않았습니까?"

"그래도 그렇지 천진단까지 먹은 영수를······!"

"실력이 모자랐던 거죠."

상혁은 덤덤하게 말했다.

"독을 마신 상대도 못 이긴 영수 잘못 아니겠습니까?"

그때 한명호가 흥분해 걸어 나왔다.

"너 지금 뭐라고 했어? 어!"

한백사는 흥분한 아들을 막고 상혁을 바라봤다.

"······그래. 네 말대로 상태는 안 좋아 보이더구나."

"저는 약속을 지켰습니다. 친구를 배신했고 운성에 충성했습니다. 그러니 이제는 가주님이 약속을 지킬 차례입니다."

"우리의 계약은 영수가 우승하는 거였지. 하지만 넌 실패했다."

상혁은 인상을 찌푸렸다.

한백사는 그런 상혁에게 선심 쓰듯 말했다.

"하지만 아직 운성이 진 건 아니다. 네가 우승을 하고 내 소원을 전하에게 전한다면 내 약속대로 그 여시종을 풀어 주마."

콧방귀가 절로 나오는 말이었으나 상혁은 모르는 척 말했다.

"소원이라면 어떤 것입니까?"

"간단하다. 이번에 북대우림 사건으로 큰 원정단을 꾸린다는 소식이 있다. 그때 사용할 약제, 무기, 식량을 우리 운성쪽에서 사 달라고 하는 거다."

고작 사업인가?

고작 사업 하나를 독점하기 위해서 사람이 죽었음에도 저리 뻔뻔하게 나오는가?

상혁은 얼굴색 하나 바꾸지 않고 거짓말하는 한백사를 보며 분노를 삼켰다.

피가 이어졌기에 남아 있던 일말의 정도 싹 떨어지는 기분이었다.

하지만 끝까지 모르는 척해야만 한다.

주은희는 죽은 인물로 남아 있어야 하니까.

"……알겠습니다. 그렇게 하죠."

"좋아. 꼭 그렇게 하도록 해라. 만약 그것만 해 준다면 너를 다시 운성에 받아 주는 것도 어려운 일은 아니야."

"쉬고 싶습니다. 혼자 있게 해 주세요."

"그래, 그러지."

한백사는 미소와 함께 밖으로 나갔고 상혁은 그런 가주의 뒷모습을 바라봤다.

"후우, 잘 참았어. 잘 참았어."

상혁은 그렇게 말하며 마음을 다잡았다.

이제 아버지가 원했던 대로 올곧고 멋있는 사람이 되어 보자.

◆ ◈ ◆

"아드님을 참 잘 키우셨습니다! 하하하!"

"자기가 잘 큰 거지요. 저는 아무것도 안 했습니다. 하하하!"

대기실 바로 앞에서 아버지와 유현성이 박장대소하며 서로 술잔을 나누고 있었다.

항상 이런 대회나 싸움이 있을 때면 걱정하던 아버지도 지금은 그냥 이 순간을 즐기고 있었다.

긴장감이 떨어졌어. 긴장감이.

하지만 좋은 신호다.

예전에는 못난 아들 물가에 내놓은 꼴이었다면 지금은 그런 불안함은 없다는 뜻이었으니까.

그러던 중 유현성이 말했다.

"서하라면 아린이와 자기 가정을 참 잘 지킬 수 있을 거 같습니다. 저렇게 무공이 훌륭하니 말이죠."

"뭐, 선택은 자기 몫이 아니겠습니까? 저는 서하만 좋으면 지지해 줄 생각입니다."

"하하하, 그렇군요."

유현성은 작게 한숨을 내쉬고는 나를 노려봤다.

그렇게 봐도 안 된다.

한 번 사는 인생의 반려자를 선택하는 건데 아린이도 행복해야지.

나 같은 거랑 결혼했다가는 어후.

상상도 하기 싫다.

그때 박민주가 옆으로 다가왔다.

"괜찮아? 안색이 안 좋아 보이는데."

"아, 이거? 괜찮아. 근데 너는 왜 여기 있냐? 상혁이 대기실로 가야 하는 거 아니야?"

박민주는 얼굴을 붉히며 말했다.

"그게, 찾아갈 정도로 친하지가 않아서. 가고는 싶은데…… 그보다 문제는 해결했어?"

"문제?"

"상혁이 말이야. 어떤 상황이었어? 아니다, 말하지 마. 내가 아는 걸 상혁이가 싫어할 수도 있으니까. 아니, 그래도 알고 싶은데. 말해 주면 안 될까?"

혼자 북 치고 장구 치고 다 하는 박민주였다.

뭔가 놀리고 싶게 생겼다.

"안 말해 줄 거야. 결승을 봐. 그럼 알 거야."

"둘 중 누가 이겨도 별로 기쁘지 않을 거 같은데……."

"상혁이가 이기면 기뻐할 거면서."

"아니, 그건 맞는데."

바로 인정해 버리는 거냐?

"둘 다 이기면 좋을 텐데. 사이좋게. 그건 안 되겠지?"

"가능하지."

"가능해? 어떡해?"

박민주는 이해할 수 없다는 듯이 말했다.

물론 우승자는 한 명뿐이다.

하지만 승리란 무엇인가?

자신이 설정한 목표, 혹은 그 이상을 달성하면 승리라고 부르지 않던가.

우승이 목표인 두 사람이 만난다면 오직 한 명의 승자만 나오겠지만 서로 다른 목표를 가지고 있다면 두 명의 승자가 나올 수 있다.

나는 이번 결승을 그렇게 만들 생각이었다.

그렇게 반 시진 정도의 축하 공연이 끝나고 결승전이 시작되었다.

"입학시험 수석. 청신의 새끼 호랑이. 이서하! 과연 형제의 복수를 할 수 있을까? 운성의 희망 한상혁!"

알아서 대립 구도를 만들어 주는 사회자였다.

한영수가 나에게 굴욕적으로 진 이 시점에서 운성의 사생아와 청신의 천재의 대결은 꽤 관심을 모았다.

거기다가 국왕 신유철까지 관람하고 있다는 것이 알려지자 관중석은 가득 찼다.

나와 상혁은 서로를 마주 보고는 고개를 끄덕였다.

상혁은 한영수와 같이 쌍검을 들고 나왔고 나는 일검류로 상대할 생각이었기에 하나만 들고 있었다.

나는 상혁이를 바라보며 고개를 끄덕였다.

작전대로 간다.

작전대로.

"지금 시작합니다!"

사회자의 외침과 함께 징이 울렸고 나와 상혁이가 동시에 서로에게 달려들었다.

상혁은 이를 악물고 쌍검을 휘둘렀고 나는 공시대보로 받아치며 공세를 버텼다.

타타타타타타닥!

쉼 없이 목검이 부딪쳤고 관중들은 놀란 얼굴로 하나둘 자리에서 일어났다.

웅성웅성.

집중한 탓인지 관중들의 환호성이 흐리게 들려왔다.

우레 폭풍과도 같은 공격.

상혁이는 이마에 핏대를 세워 가며 공격해 왔다.

세기의 천재가 6개월간 쌓아 올린 실력은 내가 1년간 미래의 기술로 쉬지 않고 갈고닦은 것과 비슷했다.

하지만 나도 그냥 져 줄 생각은 없었다.

천뢰쌍검의 날카로운 공격 사이에도 나는 틈을 만들기 위해 반격했다.

한 번만 맞아도 그대로 뼈가 부러질 만한 공격.

나 또한 결코 상혁이를 봐줄 생각이 없었다.

그래야만 진짜 실력을 뽐낼 수 있으니 말이다.

그런데 왜 이렇게 죽일 듯이 싸우냐고?

그게 바로 우리의 작전이기 때문이다.

◆ ◈ ◆

전날 밤.

주은희가 화강으로 떠나고 나와 상혁이는 다음 날 결승에 대해 말을 했다.

"공연이라니?"

"결승전이 시시하게 끝나면 직접 관람하러 오실지도 모를 전하도 실망하시지 않겠어? 그러니까 전력으로 덤비는 거야. 넌 천뢰쌍검을 사용해 공격적으로, 난 일검류로 맞서면서 말이지."

"천뢰쌍검? 왜 일검류가 아니고?"

"일검류끼리 붙으면 지루하잖아. 서로 보법만 사용하며 틈
만 노리다가 한 방에 끝날 텐데. 이 악물고 해. 나도 틈이 보
이면 바로 이겨 버릴 거니까. 어쭙잖은 연기가 통할 상대가
아니니까."

국왕 신유철은 나와 상혁이가 속일 수 있는 수준이 아니었
다.

"근데 진심으로 한다고 내가 너한테 맞출 수 있을까?"

"그건 네 노력에 따라 달렸지. 너, 네 아버지가 남겨 주신
비급 얻고 매일 그것만 연습했잖아. 안 그래?"

상혁이는 고개를 끄덕였다.

죄책감에 나와 아린이를 피해 다니며 매일 수련만 했던 그
였다.

상혁이의 재능과 비급의 질을 생각한다면 상당한 실력을
쌓았을 것이 분명했다.

"그럼 그냥 그렇게 싸우다가 누가 이기든 네 소원을 빌면
되겠네."

"그건 또 아니야. 사실 마지막이 제일 중요해. 일단 마지막
은 화려해야지. 서로 신호를 주면 동시에 용섬을 사용하는 거
야. 그리고……."

우리가 할 공연의 마지막 장면을 알려 주자 상혁이는 놀란

눈으로 나를 바라봤다.

나는 그런 녀석의 어깨를 툭툭 친 뒤 말했다.

"실수하지 마."

그렇게 모든 준비가 끝났다.

◆ ◈ ◆

그렇게 맞이한 결승전.

상혁이의 실력은 내 상상 이상이었다.

천뢰쌍검, 뇌백조(雷百爪).

한영수가 사용했던 똑같은 초식.

하지만 그것은 경기장에 거대한 손톱자국을 남길 만큼 강
력했다.

'아이고 벅차네. 이놈.'

천재는 천재다.

신로심법에 아버지의 비급까지 얻은 녀석은 내 예상보다
도 훨씬 빠르게 성장하고 있었다.

하지만 아직은 아니다.

고작 몇 개월로 1년간 죽도록 수련한 나를 따라잡을 수는
없다.

나는 뇌백조를 그대로 받아쳤고 상혁이를 몰아치기 시작
했다.

서로의 기가 부딪치며 귀가 먹을 듯한 파공음이 사방으로 퍼져 나갔다.

동시에 모든 관중이 벌떡 일어나 숨을 죽였다.

환호성은 없었다.

그저 격한 춤을 추는 나와 상혁이를 바라보는 수천 개의 눈이 있을 뿐.

그렇게 수백 번을 치고받던 우리는 서로의 검을 맞대었다.

나는 상혁이에게 말했다.

"후우, 후우, 지쳤냐?"

"이제 한계야. 너무 격하게 움직였어. 온몸이 저린다. 야."

"잘했어. 실력 많이 늘었네. 이러다 진짜 내가 지겠다."

"봐주고 있으면서 엄살은?"

아닌데.

봐주는 거 아닌데.

뭔가 착각을 하고 있다.

어쨌든 작전은 계속되어야 한다.

"슬슬 끝내자. 가장 밝을 때 태워 버려야지."

"좋아. 작전대로 간다."

"응. 실수하지 마라."

나와 상혁이는 거리를 벌리며 멀어졌다.

상혁이가 검 하나를 하늘로 던짐과 동시에 우리 둘은 용섬(龍閃) 자세를 취했다.

최강의 일격.

일검류의 기본이자 나와 상혁이가 가장 많이 연습한 그 초식이었다.

일검류, 용섬(龍閃).

두 마리의 용이 마치 서로를 죽일 듯 달려들며 부딪치는 순간 굉음과 함께 서로의 목검 두 개가 하늘로 솟구쳤다.

나는 바로 몸을 돌려 자세를 잡았으나 내 손에는 손잡이뿐.

반대로 상혁이는 하늘에서 떨어지는 또 하나의 목검을 잡은 뒤 바로 일검류 자세를 취했다.

모두가 침묵하는 그 순간 내가 입을 열었다.

"아이고. 무기가 부러졌네. 이건 안 되겠다."

나는 어깨를 으쓱한 뒤 손잡이를 경기장 밖으로 던지며 양손을 들었다.

"항복."

그 순간 숨을 죽이고 바라보던 관중들이 환호성을 질렀다.

"우와와와와!"

흥분해서 환호성을 지르던 이들은 얼마 지나지 않아 사회자에게 외치기 시작했다.

"무기가 부러진 거뿐이잖아. 다시 해!"

"맞아. 무기가 부러져서 지는 게 어디 있어?"

"재경기다! 재경기!"

유독 핏대를 세우고 외치는 놈들은 아마 나에게 돈을 건 놈들일 것이다.

나름 성무대전을 보러 올 수 있을 정도로 사회적 지위가 있는 사람인 만큼 목소리도 컸다.

하지만 재경기는 없다.

내가 아무런 항의를 하지 않았기에 결승전은 여기서 끝이었다.

나는 당혹스러워하는 사회자를 무시하고 상혁이에게 다가가 포옹을 하며 말했다.

"축하한다. 우승."

"······정말 내가 우승해도 되는 거야? 그냥 네가 우승하고 소원을 빌면 되잖아."

"내가 빌면 안 되는 소원이라니까 그러네. 내가 빌면 아무리 국왕 전하라도 못 들어줘. 너니까 들어줄 수 있는 거야."

나는 의미심장하게 웃으며 상혁이의 어깨를 토닥여 주었다.

"그러니까 네가 빌어야 해. 배신하지 마라."

"널 배신하느니 사지가 뜯어져 죽는 게 낫다."

상혁이의 눈에는 진심이 보였다.

자, 이렇게 누구도 패배하지 않는 결승전의 완성이다.

상혁이는 우승했으니 말할 것도 없었고 나 역시 청신의 얼굴에 먹칠하지 않았으며 동시에 소원도 이룰 테니 나도 승자라고 볼 수 있지 않을까?

그때 저 멀리서 감격한 국왕 전하, 신유철이 걸어오는 것이
보였다.

그 옆에는 한백사가 함박웃음을 지으며 따라오고 있었다.

자기가 이겼다고 생각하겠지.

자, 이제 소원을 빌어 보자.

한백사가 상상도 할 수 없을 만큼 충격적인 소원을 말이다.

◆ ◈ ◆

서하의 항복 선언이 나오는 그 순간 한백사 또한 관중들과
함께 기립했다.

"그렇지!"

두 주먹을 불끈 쥐고 일어난 한백사는 흥분한 얼굴로 이강
진에게 말했다.

"하하하! 이거 아쉽게 되었습니다. 운성이 우승하게 되었
군요. 철혈님."

하지만 이강진은 흡족하게 미소를 지으며 말했다.

"청신의 제자 아닙니까? 마지막은 일검류로 끝냈으니 청신
의 우승과도 같죠."

"아무리 그렇게 말씀하셔도 운성의 우승이라는 건 변함이
없습니다. 피는 물보다 진한 법이죠."

이강진은 아무 말 없이 서로 포옹하는 상혁과 서하를 바라

77

봤다.

'좋은 친구를 두었구나.'

자고로 좋은 친구란 서로를 믿고, 어깨를 나란히 하며 걸을
수 있어야만 한다.

사람만 좋다고 될 수 있는 것이 아니며 실력만 같다고 될
수 있는 것도 아니다.

'잘난 사람일수록 좋은 친구를 가지기 힘들지.'

그렇기에 이강진의 친구라고는 지금 저 위에 앉은 신유철
뿐이었다.

'혜안(慧眼)을 가졌구나. 서하야.'

오늘 아침.

서하는 이강진에게 우승은 상혁이가 할 것이라고 말했다.

실망하실까 봐 미리 언질을 준다는 것이었다.

처음에는 이해할 수 없었으나 이번 경기를 보고 알았다.

서하는 우승을 버리고 사람을 취하려고 했다는 것을.

'이제 네 소원이 뭔지 들어 보자.'

상혁은 서하가 원하는 소원을 말할 것이었다.

이강진은 친구이자 국왕인 신유철을 돌아봤다.

신유철은 있는 힘껏 손뼉을 치다 직접 이강진에게 다가가
말했다.

"마치 우리 어렸을 적을 보는 거 같지 않나?"

"전하. 그건 아니죠. 우리가 더 강하지 않았었습니까? 저놈

들은 조금 쓸 만한 정도죠."

"조금 쓸 만한 녀석들도 없는 게 현실이지. 마지막은 연기였지만 말이야. 그것도 좋았어. 패자를 만들지 않았잖나."

우승은 한상혁이었으나 그 누구도 이서하가 졌다고 생각하지 않았다.

새로운 화두를 던져 주었을 뿐.

과연 서로 절대 부러지지 않는 명검을 들고 싸웠다면 누가 이겼을까?

관중들은 벌써 핏대를 올리며 토론하고 있었다.

"끝나지 않은 이야기가 더 재밌는 법이지. 그런 의미에서 자네 손주는 머리가 좋군. 자네와는 다르게 말이야."

"칭찬으로 듣겠습니다."

"이런 멋진 싸움을 보여 줬으니 치하하지 않을 수 없지. 내 직접 내려가 저들을 봐야겠어."

신유철은 경기장을 향해 걸어 나갔다.

한백사는 그런 그의 옆에 바로 붙으며 말했다.

"멋진 경기가 아니었습니까? 운성의 자랑입니다. 아주 뛰어난 아이죠. 성은을 베풀어 주시면 절대 후회하시지 않을 겁니다."

"그렇습니까? 한 가주."

"그럼요. 운성은 언제나 이 나라에 충성합니다."

"잘 알죠."

신유철은 미소와 함께 걸어 나갔다.

저 두 꼬마가 만든 공연의 끝을 확인할 시간이었다.

◆ ◈ ◆

국왕 전하는 지팡이를 놓고 손뼉을 쳐 주며 칭찬해 주었
다.

"환상적인 경기였다. 소성무대전에서 이 정도 인재를 발견
할 줄은 몰랐는데 말이야."

"성은이 망극합니다. 전하."

한상혁은 한 번 절을 한 뒤 일어났고 신유철은 바로 말했
다.

"거두절미하고 이제 상을 줘야지. 밝은 미래를 보여 줬으
니 내가 보답할 차례다. 바라는 것을 말해 보아라."

한백사는 국왕 전하 옆에서 미소를 지었다.

참 대단한 인물이다.

내게 남아 있는 과거 기억에 따르면 소성무대전은 한영수
가 우승했었다.

당시 유아린이 죽고, 주지율은 아픈 몸을 이끌고 결승에 올
랐지만 결국 한영수에게 졌다고 들었다.

아마 이번에 나에게 사용했던 독을 주지율에게 사용했었
을 것이다.

그리고 당시 한영수가 빈 소원은 사업에 관련된 것이었다.

바로 새로운 거대 원정대의 군수물자를 만들고 파는 사업을 독점하게 해 달라는 것.

그런데 어쩌나?

이번에는 그 소원을 빌 수 없을 텐데 말이다.

"제 소원은……."

관중들마저 그의 작은 목소리를 듣기 위해 귀를 기울였고 이윽고 소원이 나왔다.

"저만의 땅과 가문을 가지는 것입니다."

"그렇지……! 응?"

한백사의 멍청한 얼굴과 함께 나는 빙긋 웃었다.

신유철은 흥미롭다는 듯 물었다.

"너만의 땅과 가문 말이냐?"

"네. 저만의 새로운 가문을 가지고 싶습니다."

"호오. 흥미롭구나. 그럼 운성의 이름을 버리겠다는 것이냐?"

"그렇습니다."

"이유를 알 수 있을까?"

"저는 사생아입니다."

상혁의 발언에 관중들은 침을 삼켰다.

보통 사생아는 가문의 일원으로 받아들여지지 않기 때문이었다.

상혁은 말을 이어 갔다.

"저는 사생아이기에 천뢰쌍검을 배울 수도 없고 성무학관도 제 친구인 서하의 도움으로 다니고 있습니다. 청신의 은혜를 갚기 위해서라도 저는 저만의 가문에서 힘을 키울 필요가 있습니다. 부디 제 청을 들어주시길 바랍니다."

"이, 이, 이, 이 녀석이!"

한백사는 흥분해 누구의 앞인지도 까먹고 외쳤다.

"네가 정녕 운성을 배신하겠다는 것이냐!"

"운성의 사람이었던 적이 없는데 어찌 운성을 배신할 수 있겠습니까? 가주님."

상혁의 굳은 결심을 본 신유철은 흥미롭게 웃었다.

좋아하실 줄 알았다.

신유철.

현 국왕은 할아버지와 죽마고우다.

성격도 비슷할 것이다.

이 두 사람은 능력 있고 자신의 운명을 개척해 나가는 어린 새싹을 좋아했다.

"너무 흥분하지 마세요. 한 가주. 사생아가 이름을 버리는 건 흔히 있는 일 아닙니까? 그리고 이름을 버리는 이유 또한 은혜를 갚기 위함이라니 어린아이가 생각이 깊군요. 가주님 말처럼."

"전하. 그렇지만……."

"그래, 그럼 어디 원하는 땅이라도 있느냐?"

"저는……."

상혁은 나를 힐끗 본 뒤 말했다.

"은악(銀岳)입니다."

은악(銀岳).

바로 내가 원하는 땅이었다.

과거 은 광산으로 번창했던 곳이다.

운성의 자금줄이라고 불리던 시절도 있었으나 그것도 약 10년 전 이야기였다.

광산은 메말랐고 농사를 지을 기름진 땅도, 양질의 목재도 없어 지금은 버려진 지역이었다.

신유철은 이해할 수 없다는 듯 고개를 갸웃했다.

아무리 좋게 말해도 매력 있는 땅이라고는 할 수 없었기 때문이다.

하지만 어쨌든 지금은 운성의 땅이었기에 한백사가 동의를 해야만 내줄 수 있었다.

"은악(銀岳)이라. 괜찮으시겠습니까? 한 가주."

"절대 안 됩니다, 전하. 지금은 아무것도 없는 땅이라고 하더라도 은악은 운성의 정신적 고향과 같은 곳입니다. 그런 곳을 사리 분별 못 하는 어린아이에게 맡긴단 말입니까?"

한백사가 쉽게 허락하지 않을 것임은 잘 알고 있었다.

하지만 그는 지금도 속으로 주판을 튕기고 있을 것이었다.

'필요 없는 땅이니까.'

은악(銀岳)은 버려진 땅이나 다름없었다.

변변한 농사도 지을 수 없는 땅이었기에 들어오는 세금보다 지원금이 더 들어가야 했다.

운성은 이 땅을 철저하게 외면했다.

영광은 같이 누려도 빈곤을 같이 누릴 사람들은 아니다.

그렇게 방치된 사람들 중 많은 이들이 도적이 되었다.

이들은 사방에서 문제를 일으켰고 은악 주변의 마을, 도시로 향하는 상단을 약탈했다.

즉, 운성 입장에서도 처리하고 싶은 땅이라는 거다.

'내가 말하면 정쟁이 되었겠지만 상혁이는 이 땅의 소유권을 주장할 수 있다.'

만약 청신 출신인 내가 우승해 은악을 달라고 했다면 그것은 큰 논란이 되었을 것이다.

아무리 쓸모없는 땅이라도 다른 가문의 땅을 빼앗으려 한 것이니 말이다.

하지만 상혁이는 다르다.

운성 출신인 그가 독립하며 쓸모없는 땅 하나 가지고 나가는 건 어느 정도 당연한 권리라고 할 수 있었다.

"어떻게도 안 되겠소? 한 가주?"

"정 그렇다면 그만한 값을 받아야지요."

"얼마를 생각하시오?"

"2만 관은 받아야겠습니다."

2만 관.

10냥이 1관이었으니 20만 냥.

5천 냥이 작은 마을을 살 수 있는 정도라는 것을 생각하면 어마어마한 돈이었다.

아무것도 없는 험난한 산 도시에는 결코 그 정도의 값어치가 없었다.

'……욕심이 많네.'

한백사는 언제 화가 났었냐는 듯 방긋 웃고 있었다.

신유철이 2만 관에 땅을 사 상혁에게 준다면 골칫덩이를 치워 버리는 꼴이니 좋고, 그게 아니라면 나와 상혁이의 계획을 망치는 것이니 그것대로 좋다고 생각하는 것이다.

그런데 어쩌나.

노인네, 주판을 잘못 튕겼는데 말이다.

그 땅은 2만 관 그 이상의 가치가 있다.

아니면 내가 그걸 원했겠는가?

그때 신유철의 옆에 서 있던 보좌관이 말했다.

칼과 같이 날카롭게 생긴 30대 초반의 문관이었다.

"전하. 아무리 좋게 봐줘도 2만 관의 가치는 없는 땅입니다. 다른 소원을 말하라고 하시지요."

"그런가? 우리 왕실에 그렇게 돈이 없는가?"

"돈이 있고 없고의 문제가 아닙니다. 은악을 2만 관이나 주

85

고 산다면 훗날 왕실에서 필요한 땅을 다른 가주들에게 살 때 문제가 될 수 있습니다. 나쁜 선례는 남기지 않는 게 좋습니다."

"그런가?"

보좌관의 말이 옳았다.

하지만 한백사가 말도 안 되는 금액을 부르고 보좌관이 전하에게 간언하는 것까지도 전부 예상 안이었다.

그래서 보험을 하나 들어 놨다.

"그럼 제가 사서 전하에게 드리죠."

바로 우리 할아버지.

내 돈줄!

나의 빛!

이강진이었다.

"자금이 문제라면 청신에서 대겠습니다. 제 손자의 친구이니 소원을 꼭 들어주고 싶군요."

"그렇다면 문제가 없겠군요. 안 그렇습니까? 한 가주?"

한백사는 이강진을 바라보며 피식 웃더니 말했다.

"좋습니다. 그럼 2만 관에 거래하는 것으로 알고 소인은 물러가 보겠습니다."

한백사는 바로 물러났다.

누구 주머니에서 나오건 2만 관에 골칫덩이를 처분한 것은 마찬가지였으니 그로서도 만족스러운 거래일 것이다.

이윽고 신유철이 모두의 앞에서 말했다.

"좋다. 그럼 소원대로 한상혁을 은악의 영주로 임명한다. 지혜로운 영주가 돼 주길 바란다."

상혁은 믿을 수 없다는 듯 국왕 전하를 바라보다가 고개를 숙였다.

"기대에 부응하겠습니다."

"축하한다."

그렇게 새로운 가문이 탄생했다.

◆ ◈ ◆

국왕 전하와의 만남이 끝나고 상혁은 자신의 대기실로 돌아가 짐을 챙겼다.

그런 그에게 불청객이 찾아왔다.

"한상혁!"

한백사였다.

은악을 판매한 것에는 어느 정도 만족한 그였으나 사업권을 따지 못한 것에 분노하고 있었다.

"네가 이러고도 그 시종 년이 무사할 줄 알았더냐? 오늘 당장 처형해 주마. 네가 죽인 거로 생각하거라."

"……"

상혁은 무표정하게 할아버지를 바라봤다.

아니, 이제는 한 가주님이다.

용암처럼 끓던 분노는 이제 메말라 검게 굳어 버렸다.

그 위에 남은 것은 그저 저 노인이 불쌍하다는 연민뿐이
었다.

무엇이 대가문의 가주를 저렇게 만들었을까?

무엇이 자신의 아들과 손자까지 적으로 만들게 이끌었을
까?

상혁은 짐을 전부 챙긴 뒤 말했다.

"죽이세요."

"뭐?"

"죽이시라고요. 한 가주님. 당신 시종 아닙니까? 전 상관없
습니다."

죽일 수 있다면 말이다.

"이, 이 자식이……."

말문이 막힌 한백사는 멍청하게 서 있을 수밖에 없었다.

상혁이 저렇게 나올 것이라고는 생각하지 못했기 때문이
다.

살려 달라고 빌거나, 아니면 적어도 분노할 줄 알았다.

그런 그를 보며 정신 승리라도 하려던 한백사는 의연한 상
혁의 반응에 그 어떤 말도 할 수 없었다.

상혁은 한백사의 옆을 지나가며 말했다.

"아, 그리고 존댓말 써 주세요. 저도 이제 가주 아닙니까?

작든 크든 영지를 가진 가주는 모두 같은 영주라는 직위를 가지고 있다고 배웠습니다."

한백사도 사람이었다.

마치 신처럼 커 보이기만 했던 할아버지는 그저 욕심 많은 사람일 뿐이었다.

왜 몰랐을까?

할아버지의 어깨가 이리도 작았다는 것을.

"덕분에 많은 걸 배웠습니다. 결과가 좋으니 감사하다고 해 두죠."

그 마지막 말을 끝으로 상혁은 천막을 나왔다.

그의 새로운 인생을 축하해 주듯 태양이 밝게 빛나고 있었다.

◆ ◇ ◆

결승전이 끝나고 우리는 모두 뒤풀이를 시작했다.

할아버지는 큰 식당을 통째로 빌렸고 누구라도 밥 한 끼 얻어먹을 수 있도록 개방했다.

2만 관이나 사용한 직후라 돈이 아까울 만도 한데 말이다.

아니나 다를까, 할아버지는 나에게 은악에 대해 물었다.

"서하야, 정말로 돈 이상의 가치가 있는 거겠지?"

"네, 그렇고말고요. 제 말을 들어서 손해 보신 적 있으십니까?

금방 2만 관 이상을 돌려 드리죠."

"그래, 너는 항상 잘했으니 걱정하지 않으마."

할아버지는 그렇게 껄껄 웃으며 잔을 비웠다.

"하지만 서하야. 신용이라는 건 쌓기는 어려워도 날리는 건 순식간이란다. 이번 일을 어떻게 처리하는지 두고 보마."

돈만을 이야기하는 것이 아니었다.

약속했다면 꼭 지키라는 뜻이었다.

그리고 나는 자신이 있었다.

은악(銀岳).

그곳의 광산은 아직도 엄청난 것을 품고 있었으니까.

"금방 결과를 가져오겠습니다. 2만 관의 10배 그 이상으로 말이죠."

"뭐, 사실 2만 관 값은 이미 치렀다."

"이미 치렀다고요?"

"저기."

할아버지는 식사하는 상혁이를 바라보고는 말했다.

"네 말대로 재능 있는 아이구나. 평생 서로 의지하며 사이 좋게 지내거라."

"안 그러셔도 그럴 생각입니다."

역시 할아버지도 알아보셨다.

나는 이번 일로 그 무엇보다 사람을 얻었다.

한상혁이라는 이 땅 최고의 재능을.

만찬이 진행되는 동안 수많은 혼담도 들어왔다.

하지만 이는 유현성의 선에서 끊어졌다.

"하하하! 제 사위가 될 놈입니다."

"이미 약조하신 겁니까?"

"아직 약조는 하지 못했으나 시간문제지요. 보십시오. 서로 붙어 있는 거."

유현성의 허풍일 뿐이었지만 아린이의 미모를 본 다른 가문은 바로 포기하고 물러났다.

솔직히 고맙다.

내가 일일이 거절하지 않아도 되니 말이다.

그렇게 축하연이 끝났다.

나와 상혁이는 주인공인 만큼 사방에서 잔을 주는 바람에 조금은 취한 상태였다.

밤이 지나 숙소로 돌아가는 길.

상혁이와 나는 주은희와 마지막으로 헤어졌던 물가에서 정도윤을 기다렸다.

초조하게 기다리기를 한참, 정도윤이 어둠 속에서 모습을 드러냈다.

"주은희 씨는 무사히 화강에 도착했다고 합니다."

정도윤의 보고에 상혁은 가슴을 쓸어내렸다.

"곧 보러 간다고 전해 주실 수 있나요?"

"전해 드리겠습니다."

"감사합니다."

정도윤은 짧은 보고를 끝내고는 사라졌고 상혁은 털썩 주저앉아 흘러가는 개울가를 바라봤다.

나는 그런 그의 옆에 앉으며 말했다.

"잘됐다. 모두."

"전부 네 덕분이지. 고맙다, 친구야."

"부끄러운 말 하지 말고 나랑 같이 해 줘야 할 일이 있어."

"말만 해."

"은악에 숨겨진 비고를 털러 갈 거야."

"비고?"

"응. 내가 그 노인네한테 왜 2만 관이나 줬겠어? 그만한 가치가 있으니 줬지. 광산 안에는 숨겨진 보물이 있어. 지금 바로 찾으러 갈 생각이야."

"학관은?"

"무성 선인님한테 말해서 빼야지. 한 10일 정도는 빼도 될 거야. 너는 영지를 둘러보러 간다고 말하고 나는 청신에서 투자한 셈이니 영지 상태를 확인하러 간다고 하면 되겠지."

그런 변명이 아니어도 내가 보내 달라고 하면 강무성은 보내 줄 것이다.

이래서 뒷배가 있으면 좋은 것이다.

일이 쉬우니까.

"비고에서 나오는 보물 반은 네 거. 반은 청신 거. 나는 그 안에 있는 검 하나만 받으면 돼."

재물에는 욕심이 없다.

할아버지는 2만 관이나 투자했으니 어느 정도는 이득을 봐야 했으니 반은 청신 것.

상혁이는 앞으로 그 척박한 땅을 운영해 나가야 하니 나머지 반을 가져가야 한다.

나는 검 하나면 충분하다.

바로 태양검(太陽劍), 천광(天光)이다.

"……진짜 그거면 충분해? 다 가져도 돼. 다 네 거야."

"이제 도시도 생각해야지. 도시 상황이 생각보다 나쁠 수도 있어."

솔직히 말해 난 은악의 정확한 상황을 모른다.

그저 가난한 도시라는 것밖에는.

비고가 발견된 것도 나찰과 마수에게 쫓겨 광산으로 도망친 사람들이 우연히 발견한 것이었다.

하지만 당장 내일 죽을지도 모르는 상황에서 금과 보석은 돌덩이와 다를 것이 없었고 시민들은 무기만 챙겨 밖으로 나왔다.

그 수많은 무기 가운데 태양검, 천광이 있었다.

'양기를 증폭시켜 주며 나찰을 태우는 전설의 검.'

지금의 나에게는 꼭 필요한 검이었다.

'과거에는 바로 나찰이 확보했지.'

아무리 좋은 검이라도 사용자가 민간인이라면 그 힘을 낼 수 없는 법이다.

천광을 발견한 것은 도시 수비대의 상급 무사였고 그는 얼마 못 가 나찰의 손에 죽었다.

그리고 천광은 깊은 바닷속에 버려졌다.

'이번에는 내가 제대로 써 줘야지.'

나는 상혁이에게 말했다.

"그리고 솔직하게 말하면, 그 검이 비고 안에서 가장 비싼 물건이야."

"알았다. 알았어. 네가 그런다면야 감사히 받지."

상혁은 엉덩이를 털고 일어나더니 말했다.

"아, 잠깐 넌 그대로 앉아 있어. 하고 싶은 게 있으니까."

"하고 싶은 거?"

상혁이는 혀를 차고는 내 앞에 섰다.

"술김에 해야지. 맨정신으로는 못 해."

뭘 하려는 건지 알 것만 같다.

상혁은 빨리 끝내 버리려는 듯이 한쪽 무릎을 꿇으며 고개를 숙이고 말했다.

"은악(銀岳) 한 씨. 한상혁은 지금부터 청신의 이서하를 형님으로 모시며 목숨 바쳐 충성할 것을 맹세합니다."

"네가 충성해야 할 상대는 이 나라의 왕 아니야?"

"그건 나라에 대한 충성이고."

상혁이는 벌떡 일어나더니 민망하게 웃었다.

"난 나라보다는 가족이 먼저라고 생각하거든. 그리고 네가 이제 내 유일한 가족이다. 아, 은희 누나도 있지."

"말이라도 고맙다. 근데 네 형은 안 할 거야."

"왜? 형님이 더 높은 거잖아."

"으, 난 나이 먹기 싫다. 너무 많이 먹어서. 그냥 의형제라고 해. 누가 형 동생 하지 말고."

"그럼 나야 좋지. 그럼 내가 형 해도 될까?"

"……그건 또 싫네. 그냥 친구 하자."

"깐깐하긴. 어쨌든 맹세는 했고 술이나 더 하러 가자. 취한 거 아니지?"

"호오, 나에게 도전하는 건가? 그러다 큰일 날 텐데?"

"결승전 2차전을 해야지. 그럼 이렇게 하자. 이번 대결 승자가 형님인 걸로."

"좋아. 그렇게 하자고."

나는 신이 나서 걸어가는 상혁이를 바라봤다.

이제야 제대로 살게 되었구나.

나는 조용히 내 양손을 바라보고는 주먹을 쥐었다.

"……난 잘하고 있어. 잘하고 있는 거 같아."

내 자신에게 한 번쯤은 해 주고 싶은 말이었다.

◆ ◆ ◆

추석 마지막 날.

이강진은 신유철과 마지막으로 술 한잔을 하며 대화했다.

"그래도 자네가 해 주면 안 되겠나?"

"저는 이제 늙었습니다. 판단력도 예전 같지 않죠. 저보다
다음 세대를 키워야 합니다. 전하가 돌아가신 뒤 저도 병에
걸려 죽으면 그때는 어쩌실 겁니까?"

"설마 그러리라고?"

"설마가 사람 잡는 법입니다."

신유철은 작게 한숨을 내쉬었다.

그에게는 두 명의 손자가 있었다.

머리가 좋고 이성적이며 언제나 차분한 장남.

무공을 좋아하며 감정적이고 불같은 성격의 차남.

신유철의 장점을 나눠 가진 듯한, 하지만 반대로 말하면 둘
다 완벽한 왕과는 거리가 먼 인물들이었다.

"첫째 유민이는 무공을 거의 배우지 않아 젊은 무관들의
지지를 받지 못해. 반대로 태민이는 너무 감정적이야. 자기
가 최고라고 생각하지. 폭군이 될 상이네."

"그럼 태자님에게 힘을 실어 주면 되지 않습니까?"

"이미 실어 줬지. 그리고 더 확실하게 하려고 자네를 붙이
려는 거 아닌가? 내 근위대장이었던 자네가 유민이의 근위대

장이 되어 주면 모두가 내 뜻을 알아보겠지. 안 그런가?"

"……."

"안 그래도 자네의 다른 손자 놈이 태민이랑 붙어먹어서 청신은 태민이를 지지한다는 말이 돌고 있네."

"그건 건하의 단독적인 행동일 뿐입니다."

"알아. 그래도 어쩌겠나? 건하가 다음 가주가 될 텐데. 틀린 말은 아니야. 자네는 정치에 너무 무관심해. 최소한의 관심은 가지게."

신유철은 목을 축인 뒤 다시 말했다.

"그래도 다행인 건 자네의 다른 손자가 꽤 똑똑한 놈인 거 같단 말이지. 자네 말대로 그럼 서하를 유민이에게 붙이도록 하겠네. 불만 없겠지?"

"여부가 있겠습니까? 전하."

신유철은 미소를 지었다.

"어느 놈이 이길지 기대가 되는군. 살아서 보고 싶은데 말이야. 그건 안 되겠지?"

두 손자 모두 야심을 가지고 있는 이상 부딪치는 건 필연적이었다.

"손자들끼리 죽고 죽이는 게 뭐가 재밌겠습니까?"

"재밌어서 보는 게 아니야."

신유철은 한숨을 내쉬며 말했다.

"그래야 진 놈을 내가 살릴 거 아닌가? 내가 없으면 패한

97

놈은 목이 날아갈 테니까."

하지만 국왕인 신유철이 죽지 않으면 시작되지 않을 전쟁
이었다.

신유철은 씁쓸하게 말했다.

"……최대한 오래 살아야겠어. 최대한."

황혼기가 평탄하지만은 않을 것만 같았다.

◆ ◆ ◆

이주원은 선생의 앞에 앉으며 대추를 까먹었다.

성무대전을 직접 관람하고 온 그는 결과를 보고했다.

"한상혁이 은악을 받았더라고. 아무리 독립하고 싶어도 그
렇지, 그런 땅은 왜 받았는지 모르겠네."

"은악(銀岳) 말입니까?"

"응. 은악(銀岳). 이유는 알겠어?"

"저도 모르겠네요."

선생은 잠시 고민에 빠졌다가 은악에 관한 자료를 가져왔
다.

은악은 오래전 광산이 발견되어 성장한 도시였다.

당시 은악은 운성의 중심이라고 할 수 있을 정도로 번성했
었다.

하지만 그것도 잠시.

광산은 메말랐고 세금도 못 내는 도시가 되었다.

기록을 살펴보아도 특이점을 발견하지 못한 선생은 잠시 생각하다 말했다.

"경기는 보셨습니까?"

"봤지. 둘 다 살벌하던데?"

"마지막은 어땠습니까?"

"검이 부러져서 이서하가 졌어. 한상혁도 부러졌는데 걔는 쌍검이라 하나가 더 있어서 말이야."

"검이 동시에 부러지는 게 가능합니까?"

"응?"

"하나의 검이 부러지면 다른 하나는 비교적 충격을 적게 받아 부러지지 않는다고 들었습니다. 만에 하나 두 목검이 동시에 부러지는 일이 있다고 하더라도 그들은 무사 아닙니까? 분명 목검에 내공을 실었을 텐데 그게 동시에 부러졌다고요?"

"듣고 보니 이상하네? 내공을 담았으면 어느 한쪽이 조금이라도 더 단단해서 다른 쪽만 부러져야 할 텐데 말이야."

"바로 그겁니다. 짰네요. 한상혁이 우승하도록."

"그러면 은악을 받은 게 이서하란 말이야?"

"그렇게 되겠죠. 청신이 운성의 땅을 달라고 하면 가문 간의 싸움이 되니 한상혁을 내세웠겠죠. 그런데 왜 은악(銀岳)일까요?"

"만만한 땅이라?"

"고작 그런 거로 이 기회를 날린다고요? 국왕에게 소원을 빌 수 있는 이 좋은 기회를?"

"그럼 한상혁을 자기 사람으로 만들기 위해?"

"그렇다면 굳이 은악이 아니어도 됩니다. 다른 좋은 땅이 더 많으니 말이죠."

"그럼 뭔데?"

"모르죠."

"에이, 그게 뭐야? 다 아는 것처럼 말해 놓고."

선생은 빙긋 웃었다.

"하지만 뭔가가 있습니다. 이서하가 지금까지 의미 없는 행동을 한 적이 있습니까?"

성무학관 수석 입학.

백두검귀 격퇴.

화강에서 네르갈 격퇴.

마지막으로 북대우림에서의 활약까지.

그는 마치 미래를 아는 듯 움직였다.

15살에 어울리지 않는 통찰력과 행동력.

그런 그가 굳이 은악을 선택한 것이다.

"알아봐야겠네요. 항상 우리만 당할 수는 없으니까요. 은악에 보낼 사람은 있습니까?"

"정확한 목표가 있는 작전도 아니고. 단순히 이서하를 감시할 뿐이라면 전투 실력은 그렇게 좋지 않아도 될 테고."

"하지만 똑똑해야 합니다. 상황에 따라 스스로 움직일 수 있어야죠."

"그럼 어쩔 수 없네."

이주원은 잠시 생각하다 말했다.

"가은이를 보낼게. 가은아."

"네, 방주님."

천장에서 한 여자가 떨어졌다.

딱 달라붙는 옷에 분홍 저고리. 비녀로 깔끔하게 올린 머리는 우아했고 모두의 감탄을 부를 정도의 몸매를 가진 여자였다.

하지만 얼굴 오른쪽 눈 위로 화상이 있었고 왼쪽 눈과 볼에는 긁힌 상처가 가득했다.

하지만 아름답다.

전가은은 이주원에게 한쪽 무릎을 꿇으며 말했다.

"부르셨습니까?"

"지금부터 이서하를 감시해라. 절대로 무리하지는 말고 상황만 알아 와라. 알겠느냐?"

"분부대로 하겠습니다."

전가은이 사라지고 선생은 이주원을 보며 말했다.

"괜찮습니까? 이서하 주변에는 죽음이 가득한데."

"그래? 그래도 가은이는 괜찮겠지. 그리고 너도 알잖아."

이주원은 쓸쓸하게 차를 마시다 말했다.

"더 적임인 사람이 있나?"

"없죠."

"그렇지?"

이주원은 자리에서 일어나 나갔고 선생은 그런 그를 바라보다 생각했다.

'어디로 흘러가는지 모르겠구나.'

선명하게 보였던 물줄기가 지금은 보이지 않았다.

Chapter 15.

Chapter 15.

은악(銀岳).

은 광산으로 유명했던 이 도시의 몰락은 순식간이었다.

과거 많은 물자가 오갔을 도로는 시골길만 못한 수준이 되어 버렸다.

마차가 좌우로 끊임없이 흔들려 속이 안 좋을 지경이다.

10년 전만 해도 이 나라에서 가장 중요한 도로였을 텐데 이렇게 되어 버렸다면 도시 상황은 도대체 얼마나 안 좋을까?

그렇게 걱정하고 있을 때 상혁이가 말했다.

"선인님이 진짜 휴가를 주네?"

"그럼 줘야지. 너는 이제 막 영주가 되었으니 인수인계도 받고, 영주 대리도 새로 세우고 와야 할 거 아니야."

"아니, 너랑 아린이 말이야. 너는 그렇다고 치고 아린이는 왜 같이 가는 거야?"

아린이는 바람을 맞으며 밖을 내다보고 있었다.

한 폭의 그림이 따로 없다.

휘날리는 머리카락에 날카로운 턱선. 우수에 찬 눈빛. 나는 한참 아린이를 바라보다 말했다.

"아직 위험하니까."

은월단은 아직 아린이를 노리고 있을 것이다.

성무학관 안으로 백두검귀가 들어왔던 적이 있기에 내 옆에 붙여 놓는 편이 더 안전하다고 판단했을 뿐이다.

강무성이 온종일 아린이랑 붙어 있을 수도 없으니 말이다.

게다가 그녀에게 호위로 붙은 후암의 도움이라도 받아야 하니 동행하는 편이 좋다.

'이제 하루 정도면 도착인가?'

은악에 가서 해야 할 일은 두 가지였다.

비고도 비고지만 일단 도시를 안정시켜야 한다.

그러기 위해서는 믿을 수 있을 만한 인물을 영주 대리 자리에 앉혀야만 한다.

'일단 운성에서 임명한 영주 대리부터 어떻게 해야지.'

영주 대리를 해임하는 건 간단한 일이다.

하지만 단순히 해임해 버렸다가는 빼돌린 은악의 자금을

모두 운성에 가져다 바칠 것이었다.

'분명 엄청난 액수를 횡령했을 거야.'

은악의 몰락은 너무나도 빨랐다.

부자는 망해도 3대는 간다는데 은악은 고작 10년 만에 가장 가난한 도시가 되었다.

이는 영주 대리의 비리가 없고서야 불가능한 일이었다.

'운성으로 가져가게 놔둘 수는 없지.'

영주 대리를 공략하기 위한 준비는 이미 끝내 놓았다.

이미 그가 얼마나 많은 돈을 횡령하고 있는지, 또 그것을 어디다 숨겨 놓았는지를 찾아 달라고 정도윤에게 부탁해 놨으니 말이다.

'일단 영주 대리부터 처리하고 나면 그다음은 비고다.'

안타깝게도 회귀 전 내가 본 기록에는 비고의 정확한 위치가 적혀 있지 않았다.

하지만 몇 가지 단서가 있었다.

'전 십장(什長)이었던 여자가 탈출 계획을 짰다고 했다.'

비고를 발견했던 상급 무사는 분명 그렇게 말했었다.

여자 십장.

광부는 대부분 남자라는 걸 생각한다면 찾는 게 어렵지는 않을 것이다.

'지금은 현역일 테니까 더 쉽겠지.'

내 생각대로만 일이 잘 풀린다면 그렇게 어렵지는 않을 것이다.

'그나저나…….'

나는 길옆의 높은 절벽을 바라봤다.

꽤 많은 수의 사람들이 따라오고 있었다.

소리도 소리였지만 간혹 모습까지 드러내는 걸 보면 기습의 기본도 모르는 자들이 분명했다.

은악 주변에 도적떼가 많이 생겼다더니 정말인가 보다.

이들은 습격의 때를 기다리는지 한참을 따라오기만 할 뿐별다른 움직임을 보이지 않았다.

도대체 언제까지 따라오기만 할 생각일까?

슬슬 신경 쓰기도 귀찮아지기 시작했다.

"요 앞에서 잠시 세워 주시겠습니까? 조금만 쉬다 가죠."

"네, 도련님."

때를 기다리며 습격해 오지 않는다면 내가 그 기회를 만들어 주면 될 일이었다.

◆ ◇ ◆

도적단의 단장인 양미영은 절벽 위에서 새로운 영주를 내려다보고 있었다.

남자들보다도 더 큰 키와 두꺼운 팔다리.

중년의 여성은 도적단의 단장임과 동시에 광부들의 대장

격인 사람이었다.

양미영은 재물을 실은 수레를 노려보고는 말했다.

"꽤 바리바리 싸 들고 오는군."

"아따, 아무리 생각해도 영주를 습격하는 게 맞는지 모르겠네."

성무대전에서 우승한 뒤 영주가 된 15살짜리 꼬마.

왜 은악의 영주가 되기를 바란 것인지는 모르겠지만 어차피 바뀌는 건 없으리라.

은악의 사람들은 이미 막장까지 갔으니 말이다.

"안 될 게 뭐가 있어? 죽이지만 않으면 돼. 호위도 없으니까 어렵지 않을 거야."

"그래도 성무학관 아닌가? 이러다가 지면……."

"고작 3명이야."

이미 숫자도 확인했다.

마부들을 제외하면 3명이 전부.

호위도 없다.

"우리도 무공 배운 애들이 있잖아."

"그러니까요. 아버지."

한 청년이 걱정하는 남자에게 어깨동무하며 말했다.

"제가 아무리 무과는 못 통과했어도 15살한테는 안 지죠. 칼 밥 먹은 짬이 있는데."

"그렇지? 그래 봤자 애들이지?"

"죽이지만 않으면 돼. 그럼 큰 문제가 될 일도 아니니까."

은악은 희망이 없다.

높은 세금에 모두가 하루 벌어 하루 살기 급급했고 하루 세 끼 먹는 것조차 힘겨웠다.

가족 구성원 중 누가 아프기라도 하면?

치료도 못 받고 죽기 일쑤였다.

그렇게 은악의 사람들은 도적이 되었다.

"가자."

양미영은 자리에서 일어나며 곡괭이를 들었다.

도적질은 하기 싫다.

하지만 어쩌겠는가.

이제 살아남기 위해서는 이 방법밖에 없는데.

◆ ◈ ◆

마차가 공터에 멈추자마자 상혁이가 나에게 다가왔다.

"저기 따라오는 것들은 어떻게 할 생각이야?"

상혁이도 역시 도적단의 정체를 알고 있었다.

사실 눈치채지 못하는 게 더 이상할 정도로 대놓고 따라오고 있긴 했다.

"적당히 손을 봐줘야지. 절대로 죽여서는 안 돼."

도적단이 만약 은악의 시민들이라면 한 명이라도 죽었다

가는 민심을 장악할 수 없게 된다.

아무리 자기들이 먼저 시비를 걸었다고 하더라도 가족, 이웃, 동료를 죽인 사람을 따르려고 하지는 않을 테니 말이다.

하지만 반대로 이들을 하나도 죽이지 않고 생포한 뒤 대화를 시도한다면 더 쉽게 시민들에게 지지를 얻을 수 있으리라.

자비 넘치는 새로운 영주님이라는 식으로 말이다.

"최대한 상처 없이 사로잡는 쪽으로 가자. 수준 높은 무사는 없는 거 같으니까."

수준 높은 무사들이라면 저렇게 티를 다 내면서 쫓아오지는 않을 테니 말이다.

아린이는 손목과 발목에 천을 감으며 말했다.

"그럼 너희는 무기를 못 쓰는 거 아니야? 진검으로 싸우면 한두 명은 죽을 텐데?"

"그렇네. 아린이 너는 맨손으로 싸우려고?"

"응. 아버지한테 화강신법을 배우기 시작했거든."

아린이는 신로심법과 부동심법을 배우기 시작한 후로는 시간이 남아 가문의 무공인 화강신법을 수련 중이었다.

어쨌든 아린이 말대로다.

진검으로는 아무리 조심해도 사상자, 혹은 심각한 부상자가 나올 수 있었다.

"목검 들어야겠네. 수련용으로 가져온 거 있지?"

"자자, 안 그래도 꺼내 왔다."

상혁이가 던지는 목검을 받아 드는 순간 기다리던 도적단이 나타났다.

"포위해라!"

마치 완벽하게 기습했다고 생각하는 듯 의기양양한 목소리.

사방에서 복면을 쓴 이들이 달려와 주변을 둘러쌌다.

그중에는 몇몇 젊은이들도 있었는데 딱 보니 어느 정도 무공을 배운 것만 같았다.

그리고 도적단장이 걸어 나오며 말했다.

"얌전히 마차를 두고 가면 살려는 주마."

도적단장은 여자였다.

우연인가?

내가 찾아야 하는 십장도 여자인데 말이다.

'호오.'

이거 생각보다 일이 더 잘 풀리는 느낌이다.

나는 바로 아린이와 상혁이에게 말했다.

"단장은 건드리지 마. 다치면 안 되는 사람이야."

혹시 모르니 조심해서 다뤄야겠다.

두 사람이 고개를 끄덕이고 나는 앞으로 한 걸음 걸어 나가며 말했다.

"그럼 시작……."

그와 동시에 아린이가 앞으로 튀어 나가 맨 앞 청년의 얼굴에 무릎을 꽂아 넣었다.

마치 선녀가 하늘에서 강림하는 것처럼 우아한 자태.

하늘로 날아가는 옥수수.

분사되는 코피.

모두의 시선이 꽂히고 아린이는 기절한 남자를 내려다보다 말했다.

"이 정도면 멀쩡히 사로잡는 거 맞지?"

모두가 굳은 채로 아린이만 바라봤고 상혁이가 말했다.

"저거 죽었을 거 같은데?"

"아냐, 움찔거리고 있잖아."

"사후 경직일 수도 있어."

"……재수 없는 소리 하지 마."

나는 아린이를 쳐다보았다.

악의 하나 없는 얼굴.

하지만 조금은 살살하라고 말해야겠다.

"조금만 더 약하게."

"노력해 볼게."

"이런 씨……!"

도적단장은 이를 갈며 외쳤다.

"제압해!"

나는 달려드는 청년의 턱을 후려쳤다.

빽! 하는 소리와 함께 청년이 쓰러졌고 나는 그를 돌아보았다.

"……."

저것도 죽지는 않았겠지?

전투는 길지 않았다.

나와 상혁이는 이미 하급 무사 중에서도 상위권의 힘을 가지고 있었다.

반면 적은 아무리 좋게 봐줘도 무과에 통과할 수 있을까 말까 한 실력.

나는 달려드는 청년의 복부에 주먹을 꽂아 넣었다.

목검도 필요 없을 것만 같다.

청년들은 순식간에 정리되었다.

도적단장은 놀란 듯 눈이 커졌지만 당연한 일이다.

성무학관의 1학년은 당장 무과를 보더라도 경쟁력이 있다는 평가를 듣는다.

하물며 상혁이와 아린이는 성무학관 역사를 통틀어 손꼽히는 재능을 가지고 있었으니 무과도 통과 못 한 무사들은 상대가 되지 않았다.

그런데 감정이입이 저 쓰러져 있는 청년들에게 되는 이유는 뭘까?

이 재능충들.

갑자기 우울해지기 시작했다.

"……후퇴! 후퇴하라!"

도적단장이 외쳤으나 이미 혼란에 빠진 도적단은 명령을 듣지 않았다.

배 나온 중년 남성들은 이성을 잃은 듯 악을 지르며 달려들고 있었으니 말이다.

"이 자식들이! 우리 근우를!"

"죽어어어어어!"

과도하게 흥분한 이들.

하지만 무공도 배우지 않은 이들은 전혀 위협이 되지 않았다.

아린이는 차례차례로 목덜미를 쳐 기절시킨 뒤 나를 돌아봤다.

"이 정도면 살살 하는 거 맞지?"

"아주 잘하고 있어."

드디어 정도라는 것을 안 아린이었다.

그나저나 도적단이 사방으로 흩어지기 시작하면 귀찮아진다.

아무리 그래도 고작 3명이 사방으로 흩어지는 도적단을 모두 잡는 건 쉽지 않은 일이었으니 말이다.

하지만 걱정도 잠시 사방에서 후암의 단원들이 튀어나와 도적단을 포박하기 시작했다.

내 의중을 아는 듯 상처 하나 없이 말이다.

"크윽!"

후암은 이들의 복면을 전부 벗기고 부상자는 따로 모아 포박했다.

순식간에 도적단이 정리되고 나는 도적단장에게 다가가 말했다.

"통성명부터 하지. 나는 청신의 이서라고 한다. 친구인 한상혁의 영주 대리를 맡고 있다고 생각하면 된다. 이름은?"

"……."

하지만 단장은 대답이 없었다.

영주를 습격하는 건 목이 날아가도 이상할 것이 없는 중죄였다.

아니, 목만 날아가면 다행이겠지.

보통은 습격에 가담하지 않은 가족들까지 전부 숙청당하거나 노예로 팔려 가기 때문에 정체를 드러내고 싶지 않을 것이다.

도적단 사이에서는 이미 자신의 운명을 예상한 듯 눈물을 흘리는 이들도 있었다.

"이름은?"

"……이름이 왜 필요하십니까? 어차피 다 죽이실 거 아닙니까?"

"글쎄. 은악 출신이라면 말이 달라질 수 있지. 내 친구는 부임 첫날부터 영지민을 사형시키는 그런 영주는 아니거든. 그렇지 상혁아?"

"그렇지. 난 좋은 영주가 되고 싶다고."

상혁이는 눈치 빠르게 맞장구를 쳐 주었다.

그래도 완전 멍청한 놈은 아니라 다행이다.

도적단장은 눈치를 보았다.

내 말은 바꿔 말하면 도시 사람이 아니면 죽인다는 뜻이었다.

단장은 마지못해 말했다.

"양미영이라고 합니다. 은악 출신이 맞습니다."

"누님! 그러다가……."

"가만히 있어!"

양미영은 말을 이어 갔다.

"변명으로 들리시겠지만 이런 짓이라도 하지 않으면 먹고살수 없습니다. 여기 있는 모두 노부모와 손자, 손녀, 그리고 자식을 먹여야 하는 이들이지만, 매달 세금을 내지 못하면 곤장을 맞는 실정입니다. 이번 습격도 오직 먹고 살기 위해 재물을바란 것뿐, 영주님과 친구분들의 목숨을 빼앗으려 한 것이 아닙니다. 부디 제 목 하나로 용서해 주시지 않으시겠습니까?"

양미영은 고개를 숙였다.

단장다운 모습이다.

윗사람이 존재하는 이유는 이렇듯 책임을 지기 위함이니까.

그녀는 체념한 듯 고개를 숙였고 나는 잠시 생각하다 말했다.

"싫은데?"

"……."

"그쪽 목도 안 벨 거야. 너희들이 해 줘야 할 일이 있거든."

"네?"

양미영이 멍청하게 반문했다.

그쪽이 비고를 찾아 줘야 하는데 목을 베면 쓰나.

나는 긴장한 도적단을 향해 말했다.

"사정은 알았다. 내가 은악을 바꿔 주지. 자, 그럼 부상자부터 치료해 볼까?"

모두가 당황한 얼굴로 나를 쳐다봤다.

벌을 준비하고 있었는데 치료해 준다고 하니 당황스럽기도 하겠지.

여기서는 자기 자랑 살짝 해 주고 넘어가도록 하자.

"왜? 나 약선님 제자야. 걱정들 하지 말라고."

그럼 이제 나를 위해 일할 사람들에게 자비를 베풀도록 할까.

◆ ◈ ◆

부상자들이 생각보다 많다.

상혁이와 아린이가 나름 힘 조절을 한다고 했지만 모두 멀쩡할 수는 없었다.

"자자, 조금 아플 거다. 하나둘!"

"으윽!"

팔이 부러진 사람에게 부목을 대 준 나는 다음 부상자를 치료하러 움직였다.

그래도 팔이나 다리가 부러진 이들은 좀 낫다.

아린이의 첫 일격에 턱이 부서진 사람은 앞으로 한 달은 죽만 먹어야 할 테니까.

마지막 부상자를 치료할 때 중년의 남자가 안절부절못하며 물었다.

"괘, 괜찮은 겁니까?"

"이제 괜찮다. 무리만 하지 않으면 돼. 다 나으려면 두세 달은 걸릴 거다."

"아이고, 감사합니다. 감사합니다."

목이 날아가도 이상하지 않을 상황에 치료까지 해 주고 있으니 백번 고개를 숙여도 이상하지 않겠지.

어쨌든 은악의 시민들, 특히 양미영에게 점수를 따는 건 좋은 일이다.

비고를 찾기 위해서는 이들의 노동력이 절실하니 말이다.

강제 노역을 시킬 수도 있겠지만 그건 성격에 안 맞다.

그렇게 치료가 끝나고 잠시 휴식을 취할 때 정도윤이 나타났다.

"빨리 오셨네요. 은악의 영주 대리에 대한 정보는 찾았나요?"

"네, 도련님 말씀대로 한백사를 따르는 인물이었습니다."

"그렇죠? 그 영감이 그냥 갔을 리가 없지."

은악은 지금도 운성의 땅이었다.

은악이 상혁이에게 양도되는 날은 상혁이가 은악에 도착해 영주 대리에게 권한을 넘겨받을 때부터였다.

어쨌든 한백사가 심은 사람인 만큼 별로 질 좋은 사람은 아닐 거라는 걸 예측할 수 있었다.

"영주 대리의 이름은 김학규입니다. 은악이 운성에서 한상혁 도련님에게로 넘어간 뒤부터 시민들을 쥐어짜 모든 재물을 모으고 있습니다. 아마도 운성에 보낼 의도가 아닐까 생각됩니다."

"이미 보낸 겁니까?"

"아닙니다. 비밀 창고에 넣어 놓았습니다. 끝까지 싹싹 긁어모을 생각인 거 같습니다."

다행히도 아직은 도시의 재물을 강탈당하지는 않은 모양이다.

하지만 물증이 없이는 놈을 처벌할 수도, 수색할 수도 없었다.

어쨌든 김학규는 운성의 사람.

막무가내로 조사했다가는 가문 간의 문제로 비화할 것이다.

그렇기에 나는 정도윤에게 증거를 찾아 달라고 부탁했다.

확실한 증거가 있다면 그 자리에서 처벌할 수 있을 테니 말이다.

"증거는 찾았습니까?"

"네. 여기 비밀 장부입니다. 또한, 비밀 창고의 위치를 추적하고 있으니 곧 찾을 수 있을 겁니다."

나는 정도윤이 건넨 김학규의 장부를 살폈다.

두꺼운 책자에는 숫자가 빼곡히 적혀 있었다.

'아주 많이도 해 먹었네.'

예상보다도 김학규는 더 욕심이 많은 것만 같았다.

그는 광산과 도로, 성벽 등을 보수 관리하라고 왕실에서 보낸 지원금까지 횡령하며 배를 불렸다.

"왕실에서 보내 준 지원금도 횡령했네요? 대단한 놈이네."

아마 이 모든 걸 가지고 한백사에게 돌아가 한자리 차지할 생각이겠지.

"이건 가장 최근에 한백사에게 보낸 편지의 필사본입니다."

정도윤이 건넨 편지에는 새로운 영주가 와도 자신은 운성에 충성할 것이니 걱정하지 말라는 내용이 적혀 있었다.

"그렇겠네요. 알겠습니다."

썩어 빠진 관료에다 운성의 끄나풀이라.

이거 용서할 수 없는 조합이잖아?

어느 정도의 증거는 모였으나 아직은 부족하다.

문서라는 것이 위조가 가능한 만큼 강력한 증거가 되기는 힘들다.

그렇게 생각할 때 정도윤이 입을 열었다.

"그리고 오늘은 소개해 드릴 사람이 있습니다."

"소개요?"

내가 고개를 갸웃할 때 정도윤의 옆으로 한 여자가 떨어졌다.

가면으로 얼굴을 가린 여자는 한쪽 무릎을 꿇고 고개를 숙인 뒤 말했다.

"후암, 2번대 소속. 전가은. 인사드립니다."

"이 사람은 누구죠?"

내 질문에 정도윤이 말했다.

"이번에 함께하게 된 대원입니다. 꼭 도련님을 뵙고 싶다고 해서 이렇게 데리고 왔습니다."

이번에는 전가은이 대답했다.

"존경하는 도련님을 꼭 뵙고 싶었습니다."

"나를 존경한다고요?"

"네. 화강에서 있었던 일을 우연히 알게 되어 그때부터 존경하기 시작했습니다. 10대의 나이로 나찰을 벤 유일한 분이시니까요."

"이 장부를 찾은 친구입니다."

"그래요?"

전가은의 얼굴은 가면에 가려 보이지 않았으나 입꼬리가 올라가는 것이 보였다.

'전가은, 전가은……. 누구지?'

아무리 내 기억력이 좋아도 특별할 것 없는 후암의 단원까지 기억할 수는 없었다.

하지만 한 가지 알 수 있는 것은 그녀가 매우 유능하다는 것이었다.

그건 이 장부를 찾은 것만으로도 알 수 있었다.

하지만 한 가지 걸리는 것이 있었다.

"얼굴은 왜 가리고 계시죠?"

"벗어 보여 드릴까요? 어릴 적 화재로 화상을 심하게 입어 심히 추할 테지만 말이죠."

전가은은 벌떡 일어나 가면으로 손을 가져갔다.

하지만 나는 말리지 않았다.

저렇게 자신만만하게 가면을 벗는 척해 '그 정도면 됐습니다.'라는 말을 끌어내려는 거겠지.

하지만 나는 그런 얄팍한 수에 속지 않는다.

눈으로 보지 않으면 절대로 믿지 않는 남자니까.

이윽고 전가은이 가면을 벗어 던졌다.

"……."

그녀의 말대로 화상이 심했고 다른 상처들도 많았다. 상처만 없었다면 상당한 미인이었겠지만 가정은 필요 없다.

진짜였구나.

이거 내가 정말 나쁜 놈이 된 거 같은데.

"……치부를 들춰서 죄송하게 되었습니다."

"아닙니다. 얼굴도 모르는 사람을 옆에 둘 수는 없는 법이죠."

"실력은 제가 보장하겠습니다."

정도윤이 말을 더했고 나는 고개를 끄덕였다.

민얼굴까지 보여 줬으니 굳이 트집 잡을 건 없다.

"알겠습니다. 뭐 대장님도 아린이 호위로 바쁘실 테니까요. 편하게 불러내기가 좀 그랬거든요."

"……대장님이라니, 편하게 불러 주시면 감사하겠습니다."

"생각해 볼게요."

정도윤은 눈을 질끈 감고는 고개를 숙였다.

복수다. 인마.

어쨌든 나는 하려던 말을 이어 갔다.

"장부만으로는 부족합니다. 위조된 거라고 발뺌하며 시간을 끌 수 있으니까요. 비밀 창고를 찾아 주세요. 더도 말고 덜도 말고 왕실 지원금을 찾으면 그 자리에서 김학규를 처벌할 수 있으니까요. 도착할 때까지 가능하겠습니까?"

아마 불가능할 것이다.

내일 아침이면 은악에 도착할 텐데 지금 가서 비밀 창고를 찾을 수 있을 리가 있나.

그만큼 급하다는 뜻일 뿐이다.

"명령대로 따르겠습니다."

정도윤과 전가은은 고개를 끄덕이고는 휙 하고 사라졌다.

뭐야?

"……진짜 돼?"

역시 후암.

"유현성에게 잘 보이길 잘했네."

절대로 적으로 두고 싶지 않은 집단이었다.

◆ ◆ ◆

은악의 시민들은 서하의 뒤를 따라 걸었다.

포박도 없었고 죄인 취급도 하지 않았다.

양미영은 맨 앞에서 걸으며 청신의 도련님이라는 이서하를 올려 보았다.

방금 대화로 누가 실질적인 영주인지를 알 수 있었다.

영주라는 한상혁이라는 아이는 한마디도 하지 않고 그저 이서하의 말에 고개를 끄덕이고 있었을 뿐이었으니 말이다.

"누님. 이번 영주님은 뭔가 다른 거 같은데. 좀 살 만해지지 않겠소?"

"그래, 좀 다르네."

처음으로 인간 같은 영주를 만난 것만 같았다.

하지만 은악을 바꾸기는 힘들 것이었다.

이미 이 도시는 막장까지 떨어졌으니까.

"그래도 바꾸기는 힘들겠지."

김학규는 절대 만만한 상대가 아니다.

저 도련님이 할 수 있는 일이라고는 끽해 봤자 김학규를 영주 대리에서 해임하고 내쫓는 것뿐.

김학규가 쌀 한 톨까지 싹싹 긁어 간 도시를 재건하는 건 저 도련님이 아니라 청신의 가주가 오더라도 힘든 일일 것이다.

"은악을 바꾼다라……"

아마도 불가능할 것이다.

'그래도…….'

바꿔 줬으면 좋겠다.

이윽고 은악의 성벽이 보이기 시작했다.

도시는 폐허와 같았다.

담쟁이가 성벽을 뒤덮고 있어 회색보다 초록색이 많았으며 도시 안의 집들도 별반 다를 것이 없었다.

그래도 나름 청소한다고 거리는 깨끗했으나 사람들의 표정은 송장처럼 생기가 없다.

"어머, 어머!"

도적단을 본 사람들은 모두 굳은 얼굴로 한숨을 쉬거나 놀라 입을 가렸다.

뭔가 내가 나쁜 놈이 된 것만 같다.

습격해 온 도적단을 치료해 주고 포박도 안 했는데 말이다. 아무래도 권력자는 다 나쁜 놈이라는 선입견이 생긴 것만 같다.

그러던 중 인파들 사이에 한 남자가 눈에 들어왔다.

무사 복을 입은 남자는 나를 향해 종이를 슬쩍 들어 보였다.

-발견.

두 글자만으로도 그 뜻을 알 수 있었다.

'대단하네.'

정말 도착하기 전에 모든 것을 찾을 줄이야.

나는 사람들을 구름처럼 모으며 관청 앞에 도착했다.

관청 앞에는 김학규가 시종들과 나와 기다리고 있었다.

사람들은 다 누더기를 입고 있는데 혼자만 팔랑거리는 비단옷을 입은 꼴이란.

지가 신선도 아니고 말이다.

그렇게 한껏 멋을 부린 김학규는 오만한 얼굴로 마차를 노려보고 있었다.

'무슨 생각을 하는지 알겠네.'

은악에서 볼 장을 다 봤으니 잘 보일 필요가 없다고 생각하는 것이었다.

이제 자신이 한 일을 들키지 않기 위해 대화의 주도권을 잡으려 하겠지.

대화의 주도권을 잡는 방법의 하나는 강압적으로 상대를 압박하는 것이다.

너를 환영하지 않는다는 식의 모습을 보여 위축시킨 뒤 대화의 주도권을 잡아 가는 것.

단순하지만 효과적인 방법이다.

특히 나이가 어리거나, 경험이 적어 스스로가 하는 일에 확신이 없는 사람을 상대로는 최고의 방법이라고 할 수 있다.

'평범한 대가문의 도련님이라면 효과적인 방법이지.'

대가문의 자제들은 어딜 가나 대접을 받으며 큰다.

만나는 이들 모두 굽신거릴 뿐. 대부분은 감히 청신의 도련님에게 큰 소리를 낼 수는 없다.

하지만 나는 다르다.

회귀 전 내 인생은 평민만 못했다.

온갖 개무시의 연속.

학관에서는 왕따를 당하고 무과에는 번번이 낙방해 가난한 생활을 전전했으며 하급 무사가 되고 나서도 상급자에게 내리 갈굼을 당하며 살았다.

거기다 청신이라는 이름은 오히려 조롱의 의미로 쓰여 차라리 평민이기를 바란 적도 많았다.

…….

생각하다 보니 슬퍼진다.

참 힘든 삶을 살았었구나.

대견하다. 회귀 전의 나.

"내가 상대할게. 상혁아, 넌 인사만 해."

"그래. 고맙다. 정치는 싫단 말이지."

김학규의 앞에 마차가 서고 상혁이는 약속대로 밝게 웃으며 인사를 건넸다.

"반갑습니다. 새로운 영주 한상혁입니다."

"늦으셨군요. 한참 기다렸습니다."

김학규는 오만하게 혀를 차며 답을 한 뒤 마차 뒤로 늘어선 도적단의 행렬을 살폈다.

"뒤는 뭡니까? 그래도 영주라고 시종이라도 사서 끌고 오셨습니까?"

조롱하는 말투에 사람 좋은 상혁이도 얼굴이 굳었다.

저래서는 안 된다.

흥분하면 지는 거니까.

나는 두 사람 사이에 끼어들며 말했다.

"그건 내가 설명하지."

내가 끼어들자 김학규는 무시하듯 비웃으며 말했다.

"누구시죠?"

"청신의 이서하다. 상혁이의 부탁으로 영주 대리를 맡고 있으니 나와 이야기하면 된다."

"하하하. 친구가 영주 대리? 그러시죠. 뭐 소문은 들었습니다. 성무대전 준우승이라고요? 이거 참 청신의 천재가 왜 우승을 못 하고…….."

대화 방식의 질이 낮다.

줄여서 저질이다.

아무리 그래도 한백사에게 내 이야기를 들었을 텐데 말이다.

분명 좋은 이야기는 아니겠지만 나에게 두 번이나 엿을 먹은 한백사가 나를 과소평가하지는 않을 터.

그런데도 저런 반응을 보인다는 것을 보면 김학규가 얼마나 오만한지를 알 수 있다.

그리고 그래서 좋다.

더 쉽게 무너트릴 수 있을 테니 말이다.

"그래서 뒤의 행렬은 뭡니까?"

"안 그래도 그것에 대해 문책하려고 했는데 잘됐네. 은악의 시민들이 왜 도적질을 하고 있지? 그것도 새로 부임한 영주를 상대로."

"……."

김학규는 입을 다물었다.

생각지도 못한 변수일 것이다. 김학규는 인수인계가 끝나기 전까지는 영주 대리이며 그 전에 일어난 모든 일은 그가 책임져야만 했다.

나는 먼저 칼을 빼 들었다.

"그쪽이 시켰나?"

이 말로 주도권을 가져온다.

김학규는 정색하며 말했다.

"그럴 리가 있습니까? 저는 모르는 일입니다."

"하하하. 농담인데 너무 정색하네. 그쪽이 시키지 않은 건 알고 있다. 이 도적들도 생활고에 시달리다 도적질을 하기 시작했다고 하더군. 그런데 말이야. 은악이 아무리 몰락했어도 도적질을 해야 할 만큼 몰락했을까? 부자는 망해도 3대는 간다고 하는데 은악의 광산이 닫힌 지는 이제 고작 10년 아니던가? 그 많던 은은 다 어디 갔지?"

김학규는 잠시 생각하다 말했다.

"은악의 모두가 도적질을 하는 건 아닙니다. 범죄자는 어떤 상황에서도 범죄를 저지르기 마련이죠. 저들은 삶이 힘들어서가 아니라 땀 흘려 일하는 것보다 쉬운 길을 택했을 뿐입니다."

"그런가? 그럴 수도 있겠네."

김학규는 살짝 안도한 듯 작게 숨을 내쉬었다.

아직 안심하기는 이를 텐데 말이다.

나는 그런 그에게 다가가 장부를 흔들었다.

"근데 내가 이런 걸 찾아서 말이야."

장부를 발견한 김학규의 얼굴이 똥색으로 일그러졌다.

"왜 그러나? 똥 씹은 얼굴로?"

그 오만했던 얼굴이 이제야 좀 보기 좋아졌다.

잠시 멍하니 장부를 보던 김학규는 표정을 바꾸며 말했다.

"……그게 무엇입니까?"

오리발 내밀기.

뻔하지만 좋은 방법이다.

하지만 나는 계속해서 그를 압박했다.

"모르는 척하는 건가? 많이도 해 먹었더군. 과도한 세금이
나 약탈에 가까운 정책은 그렇다고 치더라도 왕실의 지원금
을 횡령하는 건 그냥 넘어갈 수 없지."

"제가 쓴 것이 아닙니다. 아무리 청신의 도련님이라도 그
런 누명을 씌울 수는 없는 겁니다."

"누명이라고?"

"그렇습니다. 장부는 누구나 조작할 수 있는 물건 아닙니
까? 아무리 운성과 사이가 안 좋다고 하더라도 이건 아니지
않습니까!"

호오.

뚫린 입이라고 말은 잘한다.

예상하고 있던 변명이다.

장부는 누구든 조작할 수 있는 물건이다.

필체를 대조해 본다고 하더라도 필체를 흉내 냈다고 잡아

떼면 될 뿐.

그렇기에 나도 후암에게 장부로는 부족하다고 말했던 것이었다.

"그럼 내가 이걸 조작했다고 말하는 건가?"

"……그렇습니다."

"그래? 당신 방금 돌이킬 수 없는 말을 했어. 나를 문서 조작범으로 몰고 갔으니까. 알고 있나?"

김학규는 긴장한 듯 침을 삼켰다.

그냥 발뺌하는 것과 청신의 사람인 나를 조작범으로 몰아가는 건 큰 차이가 있다.

"돌이킬 수 없는 행동을 한 건 도련님이겠죠. 만약 확실한 증거를 가져오지 않으신다면 이를 정식으로 문제 삼겠습니다."

생각보다 김학규는 강하게 나왔다.

놈도 아는 것이다.

여기서 밀리면 끝이라는 것을.

애매한 경우에는 목소리 큰 사람이 이긴다는 말도 있으니 나쁜 선택은 아니었다.

그렇게 말없이 나와 신경전을 하던 김학규가 다시 입을 열었다.

"증거가 없으시면 저는 이만 가 보겠습니다. 은악의 회계 장부와 기록들은 전부 관청 안에 정리해 놓았으니 알아서 보시지요."

김학규는 빨리 이 자리를 떠나고 싶다는 듯 서둘러 움직이기 시작했다.

속으로는 이겼다고 생각하고 있겠지.

하지만 이긴 건 나다.

후암이 곧 있으면 증거를 가지고 올 테니까.

……

근데 왜 이렇게 안 와?

뭐야? 빨리 좀 와.

슬슬 쫄리기 시작한다. 나 원래 겁 많단 말이야.

그때 저 멀리서 무거운 짐을 실은 수레가 덜그럭거리는 소리가 들려왔다.

왔구나.

'아, 긴장해서 오줌 마려워.'

나는 관청으로 향하는 김학규에게 말했다.

"어딜 가는가? 아직 말이 안 끝났는데."

"이쪽은 끝났습니다. 아니면 제가 횡령했다는 증거라도 있으십니까?"

"그럼. 내가 증거도 없이 왔겠나? 저기 안 보이나?"

"있다고요?"

김학규는 그럴 리가 없다는 듯 내가 가리키는 방향을 바라봤다.

달그락, 달그락.

한계 이상으로 많이 실어 힘겨워하는 수레 소리.

수레를 끌고 있는 것은 가면을 쓴 전가은이었다.

김학규는 수레를 발견하고는 그대로 굳어 버렸다.

"저게 왜……?"

자기 눈을 믿을 수 없겠지.

생각보다도 빼돌린 재물이 많았다.

아마 저걸 전부 수레에 담느라 늦은 모양이다.

그래도 때마침 나타난 걸 보면 전가은이라는 저 여자도 보통내기는 아닌 모양이다.

근데 왜 내가 모를까? 이름 한 번쯤은 들어 봤을 법한데 말이다.

'뭐, 후암이면 내가 모르는 것도 무리는 아니니까.'

나는 수레로 다가갔다.

굳이 장부와 비교해 볼 것도 없이 그가 횡령한 왕실의 지원금을 찾으면 된다.

찾는 데는 오래 걸리지 않았다.

"여기, 왕실의 문장이 찍혀 있는 상자네. 어쩌나? 확실한 증거가 나와 버렸는데."

선명하게 찍혀 있는 왕실의 문장.

김학규가 왕실에서 보낸 지원금을 횡령했다는 확실한 증거였다.

이런 걸 보고 외통수라고 하지.

자, 이제 김학규는 어떻게 나올까?

김학규는 당황한 얼굴로 주변을 바라보다 수비대에게 외쳤다.

"수비대! 저 청신 놈을 제압해라!"

최악의 수를 둔 김학규였다.

수비대까지 한편이었구나.

좋다. 어차피 운성이 심어 놓은 놈들은 다 내쫓을 생각이었으니 말이다.

내가 움직일 것도 없이 수비대는 모두 후암의 손에 제압되었다.

아무리 후암이 전투보다 잠입에 능한 이들이라고 하더라도 시골의 수비대보다는 강하다.

김학규는 좌절한 얼굴로 제압당한 마지막 희망을 바라봤다.

"이건 반역죄인데. 이제 운성이 당신을 구할 수도 없겠네? 그렇지?"

"으아아아아아아악!"

실성해 달려드는 김학규.

나는 가뿐하게 다리를 걸어 넘어트린 뒤 전가은에게 말했다.

"수비대장을 비롯해 김학규의 전 재산을 몰수하고 속옷만

입혀서 추방해 주세요."

"명령대로 하겠습니다."

사실 이들을 전부 사형시켜도 되겠지만 상혁이가 영주로 부임하는 첫날 그런 재수 없는 일을 하고 싶지 않았다.

어차피 한백사가 준 임무에 실패했으니 운성으로 돌아가 봤자 죽지 않으면 다행이고 만일 돌아가지 않으면 평생을 불안에 떨며 동냥하며 살아야 할 것이다.

죽는 것보다 더 괴롭지 않겠는가?

일단 약속은 지킨 거 같다.

나는 양미영에게 말했다.

"저 정도면 은악을 바꾸기에 충분할 거 같지 않나?"

"네."

양미영은 멍한 얼굴로 말했다.

"충분하겠네요. 도련님."

사방에서 환호성이 터져 나오기 시작했고 모두 내 이름을 연호했다.

은악 시민들의 지지는 충분히 얻은 것 같다.

◆ ◈ ◆

한바탕 소란이 지나가고 양미영은 끝없이 밀려드는 수레를 보며 씁쓸하게 말했다.

"돈 없어 쌀조차 못 산다고 하더니……."

정말 많이도 빼돌렸구나.

이 도시가 왜 이렇게 빠르게 몰락했는지.

왜 사람들이 굶어 죽었는지.

단번에 이해가 될 정도로 많은 수레가 관청으로 밀려들어오고 있었다.

"누님! 누님! 들으셨습니까? 영주님이 앞으로 세금을 면제해 주시겠답니다."

"그래, 들었다."

"영주님만 바뀌었을 뿐인데 정말 천지가 개벽했습니다. 영주님 만세! 도련님 만세!"

모두가 축제 분위기였다.

아무리 이서하가 은악을 바꾸려고 한들 쉽지 않으리라 생각했다.

무사히 김학규만 내쫓아 줘도 다행이라고 생각했다.

세금을 조금만 줄여 줘도 전보다는 낫다며 감사히 살 생각이었다.

하지만 예상은 틀렸다.

청신의 도련님은 자기의 말을 지키기 위해 모든 것을 준비해 왔다.

'정말로 은악을 바꾸기 위해 왔구나.'

물론 김학규가 횡령한 돈을 되찾는 것만으로 은악이 바뀌었다고는 말할 수 없었다.

아무리 돈이 많아도 근본적으로 도시가 자생할 방법을 찾지 못한다면 결국 은악은 살기 힘든 도시로 남을 것이었다.

하지만 청신에서 온 이서하라면 할 수 있을 거라는 생각이 들기 시작했다.

"진짜 바뀌겠어."

양미영은 그렇게 중얼거리며 사람들과 기쁨을 함께했다.

"영주님 만세! 도련님 만세!"

시민들은 신이 나서 시도 때도 없이 만세를 불렀다.

누군가에게 인정받는 건 매우 기분 좋은 일이다.

질리지 않는단 말이지.

하지만 감사 인사는 충분히 즐겼으니 다음 계획에 대해 생각할 때였다.

은악의 근본적인 문제가 해결된 것은 아니다.

아무리 김학규가 많은 양의 재물을 모아 놓았다 해도 도시가 자생하지 못한다면 의미가 없다.

나는 사람들이 진정하기를 기다렸다가 입을 열었다.

"모두 주목!"

나의 말에 기뻐하던 시민들 모두 시선을 모아 주었다.

전에는 없었던 존경심 어린 눈빛이 보였다.

저들에게 나는 김학규의 폭거에서 구원해 준 영웅이나 다름없었으니 말이다.

앞으로 이들이 밤낮으로 일해 줘야 한다는 것을 생각한다면 시작이 좋다.

"김학규가 횡령한 것을 모두 되찾았으나 도시의 근본적인 문제를 해결할 수 있을 만큼 많은 양은 아니다. 그래서 너희들에게 제안을 하나 하려고 한다."

사람들은 모두 고개를 끄덕이며 나의 다음 말을 기다렸다.

"저 광산 안에 비고(秘庫)가 있다는 정보가 있다. 비고(秘庫) 안에는 도시를 변화시키기 충분한 양의 금은보화가 쌓여 있지. 난 이것을 찾아 은악을 변화시키고자 한다."

시민들은 웅성거리기 시작했다.

"비고? 그게 뭐야?"

"비밀 금고라고 이 아저씨야. 그런데 광산에 그런 게 있나?"

"그러니까. 이미 다 파헤쳐 버렸는데 그런 게 있을 리가 없잖아."

갑자기 광산에 비고가 존재한다고 한들 믿을 수 있는 사람은 많지 않을 것이다.

그때 한 남자가 손을 들며 말했다.

"영주님, 광산에 대해서는 저희가 가장 잘 안다고 생각됩니다. 이미 광산은 더 이상 팔 곳이 없을 정도로 많이 파헤쳤습니다. 하지만 비고 같은 건 발견할 수 없었죠. 혹시 도련님은 정확한 비고의 위치를 알고 계십니까?"

"아니, 정확한 위치는 모른다. 그래도 대략적인 위치는 알고 있으니 찾는 건 어렵지 않을 거다."

"그러면……"

남자는 주저하다가 말을 이어 갔다.

"그러면 너무 위험합니다. 이 이상 갱도를 더 파고들어 갔다가는 전부 매몰되어 죽을 겁니다."

광부들의 얼굴에는 두려움이 가득했다.

이런 반응은 어느 정도 예상했다.

은악에 오기 전 도시의 상황을 잠깐 찾아본 적이 있다.

은 채굴량이 적어지면서 김학규는 갱도를 더 확장했다.

무리하게 확장된 갱도는 수시로 무너졌고 많은 인부가 광산을 무덤 삼아 죽어 갔다.

여기 있는 모두가 동료를 광산에 묻은 경험이 있을 것이다.

두려운 것은 당연한 일.

하지만 비고를 찾아야 하는 이유는 명확하다.

"그래서 안 할 건가? 아무리 김학규가 모은 재물을 회수했다고 해도 1, 2년이 지나면 다시 겨울을 걱정해야만 한다."

김학규에게서 빼앗은 돈은 임시방편은 되어도 근본적인 문제를 해결할 수 있는 양이 아니었다.

하지만 사람들은 주저했다.

죽음을 무릅쓰고 일하라는 데 섣불리 찬성하고 나설 인물은 없다.

그때 양미영이 앞으로 걸어 나왔다.

"비고가 있는 건 확실합니까?"

나는 확신을 담아 고개를 끄덕였다.

"그렇다. 비고는 확실하다."

"그럼 됐네요."

양미영은 나 대신 목소리를 높여 말했다.

"난 도련님의 말대로 비고를 발굴할 거다. 그래, 현 상황을 유지하면 우리는 먹고살 수 있겠지. 하지만 광산에 묻힌 우리 동료들의 가족은 어쩔 거냐? 지금처럼 살아서 부모와 자식을 잃은 아이들과 노인들을 부양할 수 있다고 생각하나?"

사고로 죽은 광부들이 많다는 것은 그만큼 부모를 잃은, 혹은 자식을 잃은 이들이 많다는 뜻이었다.

시민들의 실질적 지도자인 양미영의 외침에 하나둘 동요하기 시작했고 그녀와 함께 도적단에 있던 남자가 외쳤다.

"그래, 어차피 영주님이 안 살려 줬으면 우린 진즉에 죽었어. 난 죽어도 영주님을 위해 죽겠다."

"맞아. 우리가 언제는 뭐 목숨 안 걸고 일했나? 어차피 도적질 할 때도 목숨 걸고 일한 건 마찬가지야!"

도적단을 시작으로 시민들도 고개를 끄덕이기 시작했다.

"좋아! 해 보자고!"

광부들이라 그런지 화끈하다.

분위기가 바뀐 것만으로도 모두가 언제 머뭇거렸냐는 듯 오늘이라도 작업을 하겠다며 열정을 불태웠다.

문제가 해결되자 양미영이 말했다.

"그럼 이제 어디를 파면 됩니까? 오늘 당장 시작하죠."

"좋은 생각이야."

나는 빙긋 미소를 지으며 말했다.

"그래도 오늘은 좀 그렇고. 발굴 작업은 내일부터 시작한다. 그리고 그쪽은 뭐라고 부르면 좋을까?"

"양 십장이라고 불러 주십시오."

"그래, 양 십장. 발굴 계획을 짜야 하니 갱도 지도를 가져오도록."

수도까지 오고 가는 데 걸리는 시간까지 생각한다면 나에게 남은 것은 열흘 남짓이었다.

그 안에 비고를 찾아 천광을 얻어야 하니 시간이 빠듯하다.

양미영은 사람들과 함께 지도를 가지고 들어왔다.

나는 큰 책상 위에 지도를 펼친 뒤 말했다.

"대략 설명 좀 해 주겠습니까?"

"갱도는 총 15개입니다. 그중 2개는 아직 운영 중이고 나머지는 폐쇄되었습니다. 위치를 특정할 수 있다고 하셨는데 어디부터 작업을 시작하면 되나요?"

"좀 뜬금없는 질문이 될 수 있는데 말이지. 하나만 질문해
도 될까?"

"언제든지요."

"만약에 말이야. 만약에 성 밖에 괴물들이 있고 곧 성이 무
너지는 상황이야. 그럼 너는 피난민들을 데리고 어느 갱도로
피신할 거 같나?"

"네? 그게 무슨……."

"그러니까 뜬금없는 질문이라고 했잖아. 하지만 진짜 중요
한 질문이거든. 어느 갱도로 도망칠 거 같아?"

"그건……."

나의 질문에 양미영은 생각에 잠겼다.

'제발 하나만 말해라. 하나만.'

기도하자. 그녀가 단 하나의 탈출로만 말하기를.

여기서 양미영이 여러 개의 갱도를 지목한다면 그만큼 발
굴 작업이 느려질 것이다.

제발 하나만 말해라.

하나만…….

"만약 그런 일이 생긴다면 8번 갱도로 도망쳐야겠네요."

"그거 하나인가?"

"네, 그 하나밖에 없습니다."

감사합니다.

제 기도를 들어주셔서.

나는 기쁜 티를 내지 않으며 물었다.

"그래? 이유는?"

"8번 갱도가 도시 밖으로 연결되는 3번 갱도와 가장 가깝습니다. 물론 이곳으로 도망치면 아래에서 위로 올라가야만 하니 매우 위험하겠지만 말이죠."

"만약 그렇게 탈출해야 한다면 갱도가 붕괴할 위험이 있는가?"

"물론입니다. 아래에서 위로 올라가는 건 위에서 아래로 파 내려가는 것보다 10배 이상 힘드니까요. ……설마 여기에 비고가 있는 겁니까?"

"아마도. 아니, 거의 확실히 거기 있다."

갱도가 붕괴하면 사람들이 죽을 수도 있다.

회귀 전 은악의 사람들은 운이 좋게도 갱도가 붕괴되지 않아 살아남을 수 있었으나 이번에도 그럴 수 있다는 보장이 없다.

'좋은 방법이……'

그렇게 고민할 때였다.

"뭘 고민하십니까?"

"붕괴 위험을 최소화할 방법을 찾고 있다."

"지금은 도시에 갇힌 게 아니지 않습니까?"

양미영은 산 뒤편의 3번 갱도 입구를 가리키며 말했다.

"3번 갱도부터 들어가면 위에서 아래로 파고 내려갈 수 있겠죠?"

천잰데?

"크흠. 나도 그 생각을 하고 있었어."

나는 의심쩍게 보는 양미영의 시선을 피하며 말했다.

"그럼 이 지역을 위주로 발굴 작업을 진행하도록."

"바로 시작하겠습니다."

그렇게 태양검, 천광 발굴이 시작되었다.

◆ ◈ ◆

전가은은 서하와 적당한 거리를 유지하며 작업장을 바라
보고 있었다.

'비고(秘庫). 후암에도 없는 정보다.'

은악에 비고가 있다는 것은 후암인 전가은조차 들어 본 적
도 없었다.

'어디서 저런 정보를 얻었을까?'

후암도 모르는 걸 이서하는 알고 있다.

결코 있을 수 없는 일이었다.

'이서하의 정보는 후암에서 나오는 것이 아니다.'

이서하는 후암도 모르는 은월단의 계획을 사전에 차단하
고 한상혁을 이용해 은악을 확보했다.

우연이라고 생각했으나, 그게 아닐 수도 있다는 생각이 들

기 시작했다.

'비고가 있다는 걸 확신하지 않는 이상 2만 관이나 주고 이 죽은 도시를 사지는 않았겠지. 아마 비고는 존재할 것이다.'

비고는 존재한다.

실제로 눈으로 보기 전가지는 믿을 수 없지만 그렇게 판단하는 것이 옳다.

그렇게 고민하고 있을 때 이서하가 전가은을 불렀다.

"전가은."

전가은은 바로 서하의 옆으로 이동해 고개를 끄덕였다.

"부르셨습니까?"

"부탁하고 싶은 게 있어서 말이죠. 지금 움직일 수 있는 단원들은 몇이죠?"

"저를 포함해 총 8명입니다."

"8명? 좀 적네."

뭘 시키려고 하는 걸까?

'최대한 많이 알아 가야 한다.'

이 남자가 알고 있는 정보는 어디서 나온 것이며, 또 무엇을 계획하고 있는지를 알아내야만 했다.

그렇기에 전가은은 서하가 무슨 명령을 내리든 최선을 다할 생각이었다.

일단 신뢰를 얻는 것이 중요하니 말이다.

"명령만 내려 주십시오."

"사실 부탁하지 않으려 했는데 어쩔 수 없네요."

서하는 삽을 내밀었다.

"그럼 부탁하겠습니다."

전가은은 멍하니 삽을 보다 고개를 들었다.

"그럼 명령이라는 게……."

"네, 인부가 부족해서요. 가서 삽질 좀 하세요."

"삽질 말입니까?"

"지금 할 일도 없으신 거 같은데. 임금은 드리죠."

"아……, 네."

일단은 삽질부터 해야 할 것만 같다.

Chapter 16.

비고를 찾는 작업은 순조롭게 진행되었다.

후암의 단원들도 모두 인부로 투입되었고 무공을 사용할 줄 아는 이들의 투입 덕에 작업 속도는 눈에 띄게 빨라졌다.

나 역시 수련 시간을 제외하고는 작업장에서 시간을 보냈고 상혁이 역시 마찬가지였다. 문제는 아린이도 갱도에 들어가겠다고 말하기 시작한 것이다.

"나도 한다니까. 괜찮아. 나 삽질 잘해."

"아니야. 네가 삽질하면 마음이 아파서 안 돼."

저 여린 팔로 삽질하는 걸 보고 싶지 않다.

차라리 내가 들어가서 삽질을 하고 말지.

"너는 부동심법을 하고 있어. 언젠가 네 힘이 꼭 필요하니까."

"그럼 갱도 앞에서 해도 될까? 작업하는 것 좀 보면서 하게."

"그건 좋지."

아린이는 그렇게 작업장 한쪽에서 부동심법을 수련했다.

그 어떤 상황에서도 흔들림 없어야 하는 게 부동심법이니 소란스러운 갱도 앞은 오히려 좋은 수련장이 될 것이다.

그렇게 아린이를 바라보고 있을 때 상혁이가 옆으로 와 말했다.

"좋네, 좋아."

"뭐가?"

"일하다가 와서 아린이를 보면 피로가 내려가는 기분이야. 아, 오해하지 마. 난 아린이를 넘보는 게 아니야. 사람은 아름다움 걸 보면 기분이 좋아지잖아. 마치 하늘에 떠 있는 은하수나 아름다운 석양을 보면 기분이 좋아지듯이."

"아린이가 그 정도라고?"

"그 이상이지. 왜? 넌 아니라고 생각해?"

"아니. 동감이야. 너도 때때로 옳은 말을 하는구나."

"응. 근데 말이야. 문제가 있어."

"문제?"

"응. 아린이 때문에 작업 속도가 느려지고 있다는 거지."

"왜?"

"봐봐."

상혁이 말에 주변을 둘러보자 너 나 할 것 없이 아린이만 쳐다보고 있다.

"……."

점심밥을 가지고 온 소녀들까지 넋 놓고 바라보고 있었으니 아저씨들은 오죽하겠는가.

나는 아저씨들을 향해 헛기침해 주었다.

"크흠."

모두 눈치는 있어 금방 시선을 거두었다.

"아이고! 다시 일해 볼까."

"밥 잘 먹었다. 하하하."

머쓱하게 들어가는 인부들.

상혁이 녀석은 낄낄거리고 웃다가 말했다.

"근데 영주 대리는 어떻게 하려고?"

"그러게. 그게 걱정이네."

우리는 곧 성무학관으로 돌아가야 한다.

김학규를 비롯한 관리들은 전부 추방되었고 배운 사람들은 이 도시를 탈출한 지 오래였다. 그렇다 보니 은악 내에서는 마땅히 영주 대리로 임명할 사람이 없었다.

"외부에서 사람을 구해 오기도 힘들고."

누가 이 다 쓰러져 가는 도시에 와 허송세월을 보내고 싶어 할까? 그것도 과거 시험에 통과까지 하고 말이다.

그때 양미영이 다가왔다.

"뭔가 걱정이라도 있으십니까? 작업은 순조롭게 진행되고 있습니다만……."

일단 물어보기나 하자.

양미영은 이 도시에서 가장 발이 넓은 사람이니 말이다.

"혹시 이 도시에 영주 대리를 맡길 만한 사람이 있나?"

하지만 양미영은 머뭇거리며 대답하지 못했다.

사실 기대도 하지 않았다.

문과에 통과한 사람들은 어떻게든 수도에 남아 승진을 바란다. 설령 다른 지역으로 발령이 나더라도 최대한 빨리 수도로 올라가고 싶어 한다.

그러니 다 망해 가는 은악에 상주하고 있을 문관이 어디 있을까.

"한 명 있긴 합니다만……."

"있어?"

뭐야? 있었어?

"그럼 소개 좀 해 주지 않겠나? 영주 대리를 맡아 달라고 부탁 좀 하려고 하는데."

"그게……."

양미영은 머뭇거리다 말을 이었다.

"제 딸입니다."

"딸?"

"네. 남들은 무사를 만들겠다고 무공을 가르칠 때 저는 공부를 가르쳤습니다. 무사들은 일찍 죽지 않습니까? 그래서 문관이 되라고…….”

확실히 은악에는 무사가 되지 못한 청년들이 많았다.

10년 전에는 부유한 도시였고 모두 동네 학관 정도는 보낼 수 있을 정도로 여유가 있었다. 무사는 위험한 관계로 양미영은 딸을 문관으로 만들려고 했다.

딱 좋다.

양미영은 시민들의 지지를 받는 인물이었고 그런 인물의 딸이 영주 대리가 된다면 모두 기쁘게 받아들일 것이다.

“그래? 과거만 합격했다면 영주 대리를 못할 것도 없지. 한번 만나게 해 주겠나?”

“그게……. 몸이 좀 안 좋습니다. 그래서 수도에서 일하지 못하고 은악으로 돌아왔죠.”

“몸이 안 좋다고?”

“네. 조금만 일을 해도 피곤해하고 병에도 쉽게 걸리는 체질입니다. 예전부터도 몸이 약하긴 했지만 점점 심해져서. 의원에도 가 봤지만 원인을 모르겠다고만 하고…….”

“그거라면 내가 봐주지. 말 나온 김에 지금 가지. 집으로 가면 되나?”

생사침술을 또 여기서 쓰게 되네.

“정말입니까? 마침 딸이 점심을 가지고 와 여기 앞에 있습니다. 금방 데리고 오겠습니다.”

양미영은 서둘러 딸을 데리러 갔다.

이제 어느 정도 의술에는 자신감이 붙었다.

이래 봬도 내가 사람을 한 번 죽였다가 살려 낸 신의 아니던가.

"제 딸입니다. 도련님."

"안녕하십니까. 도련님. 조수연이라고 합니다."

엄마인 양미영을 닮아 키가 컸으나 얼굴이 창백하고 여리여리해 분위기는 완전 달랐다.

"문관이라고 들었는데. 맞나?"

"네. 수도에서 1년 정도 일했었습니다."

"장원 급제였습니다."

양미영이 자랑스러운 얼굴로 말했다.

장원 급제.

평민의 신분으로 장원 급제까지 한 그런 천재를 내가 왜 모르고 있었을까? 어쨌든 예상치 못한 곳에서 적임자를 찾았다.

"그럼 영주 대리로 딱이네."

"영주 대리요?"

조수연이 당황해 나와 자기 엄마를 돌아보다 말했다.

"저는 감히 그럴 그릇이 되지 못합니다."

"안 되면 배우면 되지. 장원 급제까지 했으면 머리도 좋을 테니까."

모르는 건 배워 가도 될 일이다.

"저는 큰일을 맡을 만큼 건강하지 않습니다. 높게 평가해 주시는 건 감사합니다만……."

"그건 이제 내가 고쳐 줄 거야. 잠시 실례하지."

나는 조수연에게 다가가 손목의 맥을 잡았다.

쉽게 피로해지고 병에 자주 걸린다.

이는 많은 질병에서 나오는 증상이었다.

쉽게 피로해진다는 것은 회복 기능이 안 좋아졌다는 것이고 병에 자주 걸린다는 것은 몸이 그만큼 약해져 있다는 소리다.

'고뿔만 걸려도 그렇긴 한데…….'

한 가지 걸리는 점은 만성적이라는 것이다.

만성적 피곤함과 면역력 저하.

약간 싸한 느낌이 나는데 말이다.

일단 맥부터 잡아 보자.

그렇게 정신을 집중하고 한참. 나는 손목이 아니라 배, 등까지 맥을 짚은 뒤 양미영을 바라봤다.

양미영은 내 표정을 보고는 불안한 얼굴로 물었다.

"……왜 그러십니까?"

순간 표정 관리가 되지 않은 모양이다.

주변으로 몰려든 광부들 모두 심각하게 나를 바라보고 있었다.

이거…… 최악이다.

"무슨 심각한 문제라도 있습니까?"

내가 장원 급제까지 한 이 천재를 왜 모르고 있었는지를 알 것만 같다.

"선천진기(先天眞氣)가 새고 있다."

"선천진기요?"

"쉽게 말해 태어날 때부터 가지고 있는 원기라고 할 수 있지. 이 선천진기가 다 떨어지면 사람은 죽는다. 이미 너무나도 많은 양을 잃었어. 이대로 가면 1년 안에 죽을 거야."

선천진기란 간단하게 말해 생명력이라고 할 수 있었다.

모든 인간이 타고나는 생명의 기운.

다른 내공들처럼 심법을 통해 얻을 수도 없는 중요한 기운이다. 조수연은 그것이 새고 있다.

"선천진기를 담고 있는 그릇에 구멍이 뚫려 있었어. 누수되는 양과 남은 선천진기를 고려했을 때 선천적인 거라고 보면 되겠네."

어렸을 적에는 누수가 있더라도 남은 선천진기가 많아 건강에 문제가 없었다.

하지만 이제 한계가 왔다. 조수연에게 남은 시간은 1년.

아니, 혼자 걷고, 생활하는 건 앞으로 석 달도 남지 않았다.

양미영은 딸에게 다가가 옆에 앉았다.

부들부들 떨리는 양미영의 손에서 그녀의 정신 상태를 알 수 있었다.

"방법이 없는 겁니까? 도련님?"

"누수는 막을 수 있지만 회복하는 건 다른 문제야."

생사침술을 사용해 뚫린 구멍은 막을 수 있다.

하지만 회복하지 못한다면 지금 조수연의 몸 상태로는 영주 대리를 맡을 수 없다.

양미영은 하얗게 질려 말했다.

딸이 곧 죽는다는 소리를 들었으니 그럴 수밖에.

"무슨 방법이 없겠습니까?"

"선천진기 보양단(保養團)을 먹으면 어느 정도는 회복할 수 있을 거야. 문제는 한 단에 1,000냥 정도 하는 약을 열 번 정도 복용해야 겨우 평범한 수준으로 돌아올 수 있다는 건데."

"그럼……."

1만 냥.

평민은 죽었다 깨어나도 벌 수 없는 금액이었다.

금액을 들은 조수연은 씁쓸하게 웃으며 말했다.

"저는 괜찮습니다. 어머니. 이미 마음의 준비는 하고 있었습니다. 남은 시간 조금이라도 더 어머니와 보내기 위해 돌아온 것이니 너무 심려치 마십시오."

양미영은 고개를 푹 숙였다.

돈이 없어 자식을 치료하지 못하는 어미의 마음이 어떻겠는가.

'청신에서 빌릴 수는 없다.'

할아버지는 빌려주지 않을 것이다.

나에게는 뭐든 해 주는 할아버지였지만 그것도 전부 계산하에 이루어지는 것이다. 도자기는 나와 한 약속 때문에.

그리고 이번 은악의 투자는 지금까지 내가 쌓아 온 신뢰를 담보 삼에 빌린 것이다.

할아버지는 결코 아무런 이득이 없는 곳에 큰돈을 투자하는 분이 아니었다.

나는 잠시 생각하다 말했다.

조수연을 살리는 것이 장기적으로 이득인가 아닌가를 판단해야 했다. 과연 그녀에겐 1만 냥의 가치가 있는가.

답은 빠르게 나왔다.

그녀는 1만 냥 이상의 가치도 있으며 무엇보다 최대한 많은 사람을 살리고자 회귀한 것이 아니던가.

가치가 있고 없고를 떠나 사람은 살리고 봐야 한다.

"그 돈은 내가 해결해 줄 수 있을 거 같다."

"……정말이십니까?"

"물론 여기 시민들의 도움이 필요하겠지만."

나는 몰려든 광부들을 돌아보며 말했다.

"나는 치료약을 김학규가 횡령한 자금으로 사려고 한다. 어차피 비고를 찾으면 다시 채워 넣을 수 있다. 혹시 이의 있는 사람은 지금 말하도록."

김학규가 횡령한 돈은 은악 사람들의 비상금이 되어야만 한다.

나야 비고가 있다는 것을 확신하고 있었으니 쉽게 사용할 수 있지만 시민들은 그렇지 않다.

비고가 발견되지 않으면 은악은 당장 이번 겨울을 못 넘길 수도 있었다.

하지만 대답은 순식간에 나왔다.

"약을 사는 게 당연한 거 아닙니까?"

"맞습니다. 누님 없었으면 어차피 다 진즉에 곤장 맞아 죽었을 텐데 말이죠."

"자자! 일합시다! 일! 겨울에 얼어 죽기 싫으면 비고인지 뭔지를 찾아야 할 거 아닙니까."

다들 대수롭지 않게 반응하고는 바로 작업장으로 돌아갔고 양미영은 그런 동료들을 바라봤다.

"그럼 결정이네."

나는 빙긋 미소를 지었다.

"영주 대리를 맡아 주겠나?"

"……최선을 다하겠습니다."

조수연이 고개를 숙였고 양미영은 잠시 훌쩍거리다 곡괭이를 들고는 외쳤다.

"자자! 일하자! 일!"

영주 대리 문제도 해결됐고 모두의 사기도 올랐다.

인부들은 밤낮없이 일했고 7일째가 되는 날 3번 갱도 앞에서 대기하고 있던 나를 향해 양미영이 달려왔다.

"찾았습니다! 지도에 없는 통로가 나왔습니다!"

드디어 비고가 발견되었다.

◆ ◆ ◆

지도에 없는 통로.

나는 광부들과 함께 통로 안으로 진입했다.

상혁이는 인위적으로 만들어진 통로를 살피다 믿을 수 없다는 듯 말했다.

"진짜 있구나?"

"진짜 있다니까 그러네."

"누구 말인데 당연히 믿고 있었지. 그냥 눈으로 보니까 실감이 나서 말이야."

뒤이어 아린이와 전가은, 그리고 양미영을 비롯한 광부들이 따라 내려오기 시작했다.

꽤 큰 통로였기에 안에 쌓여 있는 물건들을 옮기는 건 어렵지 않을 것만 같다.

'위험한 건 없는 거 같네.'

통로에는 함정이 없었다.

몇몇 비고는 함정으로 가득해 위험했으나 은악의 비고는 비교적 안전한 곳이었다. 회귀 전 은악의 비고를 발견했던 이들도 무사히 탈출했었다는 것이 그 근거였다.

'괜찮겠지.'

기쁜 일은 나눌수록 배가 된다고 하지 않던가. 비고를 발견하는 감격의 순간을 모두가 함께하는 것도 나쁘지는 않으리라.

그렇게 통로를 쭉 따라 들어가자 문이 나왔다.

'이 문으로 나와 밖으로 빠져나온 거였구나.'

8번 갱도에서 파고 올라온 이들은 비고의 바닥을 뚫고 올라왔다.

회귀 전, 이 비고를 발견한 상급 무사는 이렇게 말했다.

'도시, 아니 나라 하나는 족히 사고도 남을 만큼의 황금이 있었다. 쫓기는 상황만 아니었어도 다 들고 나왔을 텐데.'

그래서인지 정확한 비고의 위치는 쉽게 말하지 않았으나 그의 동료들이 술을 퍼먹여 은악의 광산이라는 단서를 발견한 것이었다. 아마 전쟁이 끝나면 돌아와 자기가 챙길 생각으로 말하지 않았었겠지.

어쨌든 이번 생에는 내가 가져가야겠다.

"자, 그럼 문을 연다. 혹시 모르니 모두 조심하도록."

다들 긴장한 얼굴로 고개를 끄덕였고 나는 비고의 문을 열었다.

육중한 문이 열렸고 안은 마치 빛이라도 들어오는 것처럼 밝았다.

가운데에 있는 낡은 검 때문이었다.

태양검, 천광(天光).

낡아 부서지기 일보 직전인 손잡이에는 오래된 천이 감겨 있었고 검집은 없다.

그러나 내 눈에는 세상 그 어떤 검보다도 아름다워 보였다.

은은한 황금색으로 빛나는 검신.

회귀 전, 온갖 보물과 보구들을 봐 왔으나 지금처럼 전율이 일지는 않았다.

인류를 구원한 영웅의 검. 그것이 지금 내 눈앞에 있다.

내가 넋을 놓고 있을 때 광부들이 외쳤다.

"이게 다 황금입니까?"

비고 안은 황금과 보석으로 가득했다.

은악의 모든 이들이 100년, 아니 200년은 먹고살 만큼의 재물이 있었고 광부들은 감격의 눈물을 흘리기 시작했다.

"찾았다! 찾았어!"

"진짜 존재할 줄이야……."

나는 기뻐하는 이들을 향해 말했다.

"청신으로 보낼 3만 관을 제외한 모든 것들은 너희들, 은악의 것이다."

그러자 양미영이 말했다.

"도련님은……."

"난 저 검 하나면 돼. 이미 너희 영주와 약속된 부분이다."

그 순간 상혁이가 흥분해서 외쳤다.

"이게 다 내 거라고? 진짜?"

"네 거가 아니라 도시 거라고."

"그게 그거 아닌가? 으하하하하! 난 부자다! 부자!"

……지금은 기뻐하도록 놔두자.

"우오오오오!"

광부들이 행복한 비명을 지르며 비고 안으로 들어가 황금을 챙기기 시작했고 나는 천천히 천광을 향해 걸어갔다.

태양검, 천광(天光).

이 검에 얼마나 많은 나찰의 피가 묻어 있을까?

그리고 앞으로 얼마나 많은 나찰의 피가 묻을까?

나는 조심스럽게 손을 뻗어 천광의 손잡이를 잡은 뒤 주변을 살폈다.

아무 장치가 없다는 것쯤은 회귀 전부터 이미 알고 있지만 마지막의 마지막까지 조심해서 나쁠 것은 없다.

'없나 보네.'

무슨 장치가 있었다면 그 상급 무사가 무사히 빠져나올 수 없었겠지.

'그자가 말한 대로인가?'

천광을 꺼내 든 나는 조심스럽게 양기를 불어넣었다.

전설에 따르면 천광은 양기를 증폭시키는 효과를 가지고 있었다.

오직 낙월검법을 위해, 나찰을 죽이기 위해 만들어진 검이기 때문이다.

그렇게 천광에 양기를 넣는 순간이었다.

-결국 찾았나?

누군가의 목소리가 내 귀를 때렸고 그 순간 검의 기억이 내 머리로 흘러들어왔다.
'이건⋯⋯.'
한 나찰의 인생 이야기였다.

오랜 전쟁 끝에 마지막으로 천광을 확보한 것은 한 나찰이었다.
거대한 외뿔을 가진 백발의 나찰.
그의 이름은 바르파.
바르파는 천광과 나찰이 모은 모든 재물을 가지고 도망쳤으나 결국 은악에서 발이 묶이고 말았다.
상처 입은 그가 선택한 것은 천광을 숨기는 것이었다.
"그 누구도 이 검을 다시 사용할 수 없으리라."
나찰은 각각 특수한 능력을 타고난다.
아주 단순한 능력부터 이해하기 힘든 복잡한 능력까지.
바르파의 능력은 자신의 몸에 물건을 담거나, 혹은 물건 속에 스스로를 담을 수 있는 능력이었다.
그는 은악의 험한 절벽 어딘가의 동굴로 들어가 통로를 만

들고 이 비고를 만들었다.

그리고 가지고 있던 모든 재물을 꺼낸 뒤 천광과 동화했다.

훗날 이 비고를 찾은 인간들이 천광을 발견했을 때 몰살시키기 위해.

바르파의 절규와 분노가 느껴짐과 동시에 나의 의식이 돌아왔다.

그 순간 천광이 은빛으로 빛나기 시작했다.

이건 위험하다.

나는 반사적으로 소리쳤다.

"모두 나가!"

그러나 검에서 뿜어져 나간 은빛 기운이 모두를 덮쳤다.

광부들의 팔과 다리가 은빛 기운에 찢겨져 나갔고 비고는 순식간에 아수라장이 되었다.

"으아아아악!"

"내 팔! 내 팔!"

다행히도 상혁이와 아린이는 빠르게 피했으나 무공을 배우지 않은 광부들은 그럴 수 없었고 양미영도 다르지 않았다.

"아……."

배가 뚫린 양미영이 쓰러지고 나는 전가은과 상혁이를 돌아보며 외쳤다.

"전가은! 한상혁! 부상자 챙겨 나가!"

"너는?"

상혁이가 악을 질렀고 나는 하나로 모이는 은빛 기운을 돌아봤다.

빠르게 실체화하고 있다.

"……저걸 막아야지."

상혁이는 머뭇거리며 말했다.

"그럼 나도 같이……."

"부상자가 있으면 싸우기 힘들어. 그리고 저건 나찰이다. 그것도 아주 강한."

엄청난 음기가 느껴진다.

이런 음기를 내뿜는 존재는 이 세상에 오직 하나뿐.

바로 나찰이다.

"내가 상대할게. 아니, 나만 상대할 수 있어. 아린이를 도와서 부상자를 데리고 나가. 빨리!"

아직 상혁이의 실력으로는 나찰과 싸울 수 없다.

고작 성무학관 1학년 중에서 강할 뿐, 상혁이는 아직 선인의 발끝도 따라가지 못하는 수준이었다.

하지만 나는 다르다.

극양신공으로 수명을 태운다면 일시적으로나마 상급 무사, 아니 선인급에 가까운 실력을 낼 수 있었다.

무력감을 느낀 듯 굳은 표정을 하고 있던 상혁이는 이를 악물고는 부상자를 짊어지며 말했다.

"금방 올게."

녀석, 고집은.

그래도 전가은과 후암 단원들은 치명상을 입지 않아 부상자를 챙길 수 있었다.

그렇게 부상자가 나가는 것을 바라보던 나는 실체화하는 은빛 기운을 바라봤다.

-너는 절대로 이곳을 빠져나갈 수 없다!

머릿속에 또다시 음성이 들려오고 은빛 기운은 인간의 형태로 바뀌었다.

거대한 하나의 뿔과 나이가 든 얼굴.

바르파.

과거의 망령이었다.

'검에 장치가 있을 줄이야……'

회귀 전, 천광을 얻은 것은 일반 상급 무사였다.

바르파가 그에 반응하지 않은 이유는 단순하다.

그 상급 무사는 순수한 양기를 사용할 수 없었기 때문이다.

천광은 오직 순수한 양기에만 반응했고 바르파는 천광이 깨어남과 동시에 부활한 것이다.

'밖에서 실험해 봤어야 했어.'

내 실책이다.

모든 것이 너무 수월하게 풀릴 때부터 알아봤어야 한다.

양미영도, 광부들도 모두 돌이킬 수 없는 상처를 입었다.

하지만 자책할 시간은 없다.

공중에 떠 있던 나찰은 나의 앞의 착지한 뒤 순식간에 달려 들었다.

-죽어라. 태양을 따르는 자여.

머리에서 그의 목소리가 울려 퍼졌다.

죽으라고 그냥 죽을 수는 없다.

극양신공(極陽神功).

낙월검법(落月劍法).

상대의 강함을 모를 때는 전력을 쏟아야만 한다.

바르파의 손과 천광이 부딪혔고 그가 미소를 짓는 것이 보였다.

-아직 덜 여물었구나.

속도에서 밀린다.

냉정하게 말해 바르파는 네르갈보다도 강했다.

'인정할 수밖에 없다.'

바르파의 말대로 나의 낙월검법은 수준이 높다고 할 수 없다.

나찰의 손톱이 아슬아슬하게 피하며 나는 회귀 전 인생을 떠올렸다.

'이렇게 죽어 갔었구나.'

전생에서 나는 언제나 도망치는 쪽이었다.

누군가 도망치라고 말하면 가장 먼저 도망치던 한심한 동료였다.

나는 단 한 번도 누군가를 위해 희생한 적이 없다.

항상 도망치고, 살아남았다며 안도하고, 나에게도 힘이 있으면 희생했을 거라며 자위했다.

그렇기에 죽을 때까지 남는 자의 마음을 이해할 수 없었다.

이런 기분이었구나.

외롭고. 두렵고. 또 필사적이었구나.

하지만 죽을 거 같다는 생각은 들지 않았다.

할 수 있다.

그런 알 수 없는 자신감으로 차올랐다.

'나는……'

어떻게든 살아남을 것이다.

그 누구도 죽을 생각으로 뒤에 남지는 않는다.

그때였다.

피할 수 없는 궤적으로 나찰의 손톱이 파고들었다.

한 가지.

내가 망각하고 있던 것이 있었다.

내가 막겠다며 멋있게 남은 동료 중 살아 돌아온 이는 없었다.

'아……'

이렇게 외롭고 허무하게 죽어 갔구나.

그렇게 생각하는 순간이었다.

펑!

굉음과 함께 나찰이 날아갔고 그 자리에는 은빛으로 빛나는 여자가 서 있다.

소름이 돋을 정도로 아름다운 모습에 나는 그대로 넋을 잃었다.

"유아린……"

은혈천마(銀血天魔), 유아린.

전보다도 더 강렬한 음기를 내뿜으며 그녀는 살벌하게 나찰을 노려보며 말했다.

"감히 누구한테 손을 대?"

그리고는 마치 다른 사람처럼 따뜻한 미소로 돌아본다.

"안 늦었지?"

"왜 밖으로 안 가고……"

"저걸 죽이면 될까?"

그녀의 말에 나는 홀린 듯 대답했다.

"응. 저 나찰을 죽이자."

"그래."

아린이는 표정을 굳히고는 나찰을 돌아보았다.

"네가 원하는 대로."

대답과 동시에 아린이와 바르파가 붙었고 난 한동안 그 전투를 바라봤다.

오랜만에 무력감이 엄습해 왔다.

아린이와 바르파의 전투는 내가 감히 끼어들 수 있는 것이 아니었다.

둘의 싸움은 호각지세였다.

다만 아린이는 아직 어리고 과거 은혈천마 사태 때와 같은 수준을 낼 수 없었다.

게다가 바르파는 백전노장이다.

수십 년은 더 경험이 많은 나찰을 상대로는 압도하기 쉽지 않을 것이었다.

그때 천광이 진동하기 시작했다.

"천광……."

자기라면 바르파를 죽일 수 있다고 나에게 말하는 것만 같았다.

아마도 천광에 최대한 양기를 불어넣은 공격만 성공시킨다면 충분히 저 나찰을 죽일 수 있으리라.

오직 나찰을 죽이기 위해 탄생한 검이었으니까.

하지만 가능한가?

저 치열한 전투에 끼어들어 정확히 바르파만 공격할 수 있을까?

지금의 내 실력으로?

실력에 의구심이 드는 순간 몸은 굳는다.

무력한 건 익숙하다.

언제는 안 무력했나?

나는 심호흡하며 긴장을 풀었다.

이제 더는 안 도망치기로 했으니 끝을 봐야만 한다.

나는 모든 양기를 천광에 담았다.

이 일격으로 끝낸다.

"할 수 있다. 할 수 있다."

천광이 황금빛으로 타오르고 나는 아린이를 향해 외쳤다.

"틈을 만들어! 내가 죽일게."

아린이는 살짝 미소를 지으며 고개를 끄덕였고 나는 공시대보를 사용해 두 사람의 전투를 따라가며 기회를 노렸다.

재능이 없다며.

실력이 안 된다며.

아직은 때가 아니라며.

준비가 안 되었다며.

그렇게 언제나 도망쳤다.

회귀라는 한 번의 기회가 더 있다는 것으로 모든 실패를 정당화했다.

하지만 이번 삶은 그렇게 살 수 없다.

이제 나에게도 한 번의 기회밖에 없으니까.

"지금!"

아린이는 나찰의 양손을 잡은 뒤 버텼고 나는 때를 놓치지 않았다.

낙월검법(落月劍法), 이위화(離爲火).

황금빛 불꽃이 검을 감싸고 바르파의 시선이 나에게로 돌아갔다.

-어째서! 어째서어어어!

아린이의 손에 잡힌 바르파는 도망치지 못하고 울부짖었고 그와 동시에 황금빛 불꽃이 외뿔 나찰을 반으로 갈랐다.

네르갈 때와는 격이 다른 위력.

비고를 가득 채운 황금빛 불꽃은 바르파를 태워 재로 만들었고 그는 죽어 가며 말했다.

-……여왕이 인간을 돕는가?

그의 유언은 잘 들리지 않았다.

그렇게 불꽃이 사그라들고 나는 격한 전투로 머리가 산발이 된 아린이를 바라봤다.

여전히 아름답다.

소름이 돋을 정도로.

나는 조심스럽게 말했다.

"저기…… 원래대로 돌아올 수 있어?"

"물론이지. 네가 원하면."

아린이는 망설임 없이 음기를 방출하기 시작했다.

음기를 느낀 천광이 미친 듯이 진동하기 시작했다.

아무래도 나찰의 음기를 감지하는 능력이 있는 모양이다.

그렇게 한참 음기를 방출하던 아린이는 원래의 모습으로 돌아왔다.

기운을 많이 소모했는지 피곤한 기색이 역력했다.

저 정도의 음기 폭주 상태에서도 이성을 유지한 것을 보면 부동심법이 확실히 효과가 있는 것 같았다.

아린이는 나른한 얼굴로 말했다.

"나 잘했지?"

"응."

칭찬을 받아 부끄러운 듯 웃는 아린이.

순간 심장이 멈춘 것만 같았다.

그나저나 부동심법을 이토록 빠르게 익힐 줄은 몰랐다.

잠깐? 그런데 기준은 뭐지?

......

뭔가 엄청나게 부담스러운 기준일 것 같은 느낌이 들기 시작했다.

아린이의 매력에 홀려 멍해지는 것도 잠시.

나는 상황이 생각보다 심각하다는 것을 깨달았다.

'부상자들이 많다.'

거기에 양미영은 치명상을 입은 것처럼 보였다.

이 망할 도시에 의원이라고는 나밖에 없으니 한시라도 빨리 밖으로 나가 봐야만 했다.

갱도 밖은 전쟁터나 다름없었다.

후암의 단원들이 부상자들에게 응급처치해 주고 있었으나 이미 죽은 이들이 더 많다.

"으아아아아악! 내 팔! 내 팔!"

"아빠! 정신 차려! 아빠!"

사방에서 절규가 들려왔다.

내 생각보다도 상황은 더 좋지 않다.

'같이 들어가서는 안 됐다.'

내 실책이다.

이 모든 좌절을 내가 만든 것이다.

그냥 기뻐하는 얼굴을 보고 싶었을 뿐. 고작 그런 이유로 사람들을 비고에 데리고 들어가서는 안 됐다.

왜 그런 바보 같은 생각을 했을까?

상혁이와 아린이, 그리고 후암 정도만 데리고 들어갔어도 되는 거 아닌가?

'너무 기록에 의지했다.'

기록은 전부 사람에 의해 작성되고, 사람에 의해 전해지기에 오류가 있을 수 있다.

직접 경험한 것을 제외하고는 맹신해서는 안 된다는 간단한 것조차 망각했다.

조금 들떠서.

모든 것이 잘 풀려서.

그럴수록 더 조심했어야 한다는 것을 잊었다.

남들보다 3배는 더 살아 놓고 이런 실수를 하다니.

'역시 나는 둔재구나.'

하지만 자책만 하고 있을 수는 없다.

부상자가 많을 때는 가장 급한 사람부터 치료해야만 한다.

냉정한 말일 수 있겠지만 팔이나 다리가 잘린 사람들은 이미 치료가 끝났다.

최대한 출혈을 막고 버티는 수밖에.

'양미영은 배가 뚫렸었다.'

구멍이 뚫리는 걸 똑똑히 보았다.

하지만 상처의 정확한 크기를 알 수 없었기에 아직 생존해 있을 수 있다.

빨리 상태를 봐야만 한다.

생사침술은 죽은 자도 살릴 수 있는 침술이니까.

아직 희망은 있을 것이다.

희망이······.

"엄마! 엄마! 정신 차려 봐. 빨리!"

조수연이 울부짖는 소리가 들렸고 양미영의 모습이 보였다.

생각보다 상처가 컸다.

조수연이 어떻게든 지혈하려 하고 있었으나 그게 될 리가 없다.

"양미영 씨!"

내가 달려가자 양미영이 살짝 미소를 지었다.

"도련님. 살아 계셨군요. 다행입니다. 정말로······."

"지금 당장 치료할 거야. 내가 살릴 수 있어. 나 약선님 제자야."

할 수 있다.

생사침술은 죽은 사람도 살린다.

죽은 사람도······.

'살릴 수 없다.'

침을 꺼내는 손이 떨린다.

나도 안다.

살릴 수 없다는 걸. 고작 침으로는 저런 외상을 어떻게 할 수 없다는 걸.

179

양미영은 떨리는 내 손을 잡았다.

"침으로 이걸 어쩌겠습니까? 괜찮습니다. 도련님."

또다시 무력하다.

"그래도 열심히 버틴 보람이 있네요. 꼭 하고 싶은 말이 있었습니다."

"......"

"제 딸은 그래도 찬란한 은악에서 살겠네요."

양미영은 후회 없다는 듯 아름다운 미소로 말했다.

"감사합니다. 도련님."

마치 촛불이 꺼지듯이.

양미영의 마지막 숨이 덧없이 빠져나왔다.

"엄마! 엄마!"

오열하는 조수연.

울부짖을 수도 없을 정도의 슬픔에 그녀의 목소리는 목에서 빠져나오지 못했다.

가슴을 두드리고 슬픔을 토해 낸다.

나는 조수연이 했던 말이 생각났다.

조금이라도 더 엄마와 함께하고 싶어 은악으로 왔다는 그녀의 말.

난 그런 그녀의 바람을 깨 버렸다.

모든 것이 잘 풀렸기에 오만해졌다.

모두 내 잘못이다.

"……미안하다."

나는 조수연을 향해 말했다.

한심함에, 민망함에, 슬픔에 말이 나오지 않았으나 해야만
한다.

"전부 내 탓이다. 내가 더 잘해야 했는데. 미안하다."

나는 침통을 들고 다른 부상자에게로 향했다.

이러고 있을 시간이 없다.

아직 다른 사람들은 살릴 수 있다.

내가 해야만 한다.

의원은 나뿐이니까.

그렇게 절규와 환희 속에서 하루가 저물어 갔다.

◆ ◈ ◆

사망자는 총 7명, 사지 중 일부를 잃은 중상자는 4명이었다.

하지만 도시에는 축제가 열렸다.

광부들 10명 정도가 죽은 것은 우리가 발견한 비고에 비하
면 별거 아닌 일이었다.

아니, 오히려 비극을 잊기 위해 웃는 것만 같았다.

그들의 죽음이 가치가 있었다며 말이다.

어쨌든 죽은 자들의 가족들은 슬픈 날이겠으나 도시로서
는 경사스러운 날이다.

이제 도시민들 모두가 평생 굶을 걱정 없이 살 수 있다.

"그걸로 됐지. 뭐."

나는 홀로 광산 높은 곳에서 도시를 내려다보았다.

광장에서는 사람들이 춤을 추었다. 모두가 나를 보고 싶어했으나 나는 축제에 참여할 생각이 없었다.

주인공의 역할은 상혁이에게 주자.

녀석이 진짜 영주니까.

"됐어. 천광을 얻었으니 괜찮아."

진짜 괜찮을까?

죽지 않아도 될 사람들이 죽었다.

앞으로 10년은 더 살았을 많은 사람들이 내 실책으로 죽었다.

"……찐따가 영웅이라도 된 줄 알았지."

나지막이 본심을 말할 때 옆에 누군가 앉았다.

"여기 있었네."

아린이었다.

방금 말은 못 들었겠지.

아무리 그래도 아린이 앞에서 궁상떨고 싶지는 않았다.

"찾았었어. 어디 갔는지 아무도 말을 안 해 주더라고. 여기 경치 좋다. 도시가 다 보이네."

"그렇지? 상혁이가 아줌마들한테 잡혀서 춤추는 것도 다 보이잖아. 내가 그래서 여기로 피신 왔지."

아린이는 살짝 고개를 옆으로 눕히며 나를 바라봤다.

머리카락이 달빛에 빛나 아름답다.

그녀는 걱정스러운 눈빛으로 말했다.

"혼자 울고 있을 줄 알았는데."

"울어? 내가? 나 그렇게 감정적인 사람 아니야. 목표한 건 이뤘는걸? 여기. 이 검. 예쁘지?"

약함을 감추기 위해 너스레를 떤다.

나는 약해져서는 안 된다.

그러려고 회귀한 게 아니다.

솔직히 평민들은 죽어도 된다.

양미영은 대단한 영웅도 아니고 그녀의 역할은 충분히 해 주었다.

천광을 찾았으니 이제 양미영을 신경 쓸 필요는 없다.

다른 광부들은 더욱이 그렇다.

내 계획은 대성공이다.

천광을 얻었으니까.

진심으로 그렇게 생각한다.

"서하야."

"응?"

"혼자 책임지지 않아도 돼."

"⋯⋯."

그렇게 반문하는 순간 어느새 일어난 아린이가 내 목에 팔을 두르고는 뒤통수를 감싸 안았다.

"괜찮아. 네 탓이 아니야."

언젠가 내가 아린이에게 해 주었던 말이다.

"······."

"넌 잘하고 있어."

난 잘하고 있다.

그래, 난 잘하고 있다.

남에게 그런 말을 한 번이라도 듣고 싶었다.

"······미안."

내 사과에 아린이는 그저 꼭 안아 줄 뿐이었다.

풍란 향이 너무 감미롭다.

그래서 약해진다.

딱 하루만.

오늘만 약하고 내일부터 다시 달려 보자.

때마침 폭죽이 터지는 걸 보며 나는 내심 안심했다.

우는 소리가 크게 들리지는 않을 테니까.

은악에서의 마지막 며칠은 빠르게 지나갔다.

사망자들을 위한 묘지를 만든 뒤 비고에서 금은보화를 전부 빼 8번 갱도로 옮겼다.

도난을 막기 위해 비밀리에 옮긴 것이다.

조수연을 포함한 극소수를 제외하고는 황금의 위치를 알 수 없게끔 말이다.

그렇게 은악에서의 마지막 날이 밝았다.

떠날 준비를 마친 나는 성문 앞에서 영주 대리가 된 조수연에게 말했다.

"최대한 아껴 쓰길 바랍니다. 훗날 이 돈을 사용해야 할 때가 있을 겁니다. 1년 예산은 제가 짜서 보내 드리겠습니다."

전쟁이 벌어졌을 때 은악은 나의 자금줄이 될 것이다.

아무리 많다고 해도 흥청망청 쓸 수는 없는 법이다.

"말씀을 낮추세요, 도련님. 불편합니다."

"그래도 이제 영주 대리인데 최소한의 예의는 갖추어야죠. 나이도 저보다 많으시고. 그리고 어머니 일은 죄송합니다. 제 실책이었어요."

조수연은 씁쓸한 미소를 지으며 말했다.

"정말 그렇게 생각하신다면 부탁 하나만 들어주실래요?"

"무엇이든 말해 보세요."

"가끔, 가끔이라도 시간이 나면 은악에 들러 주세요."

"네?"

"사람들이 도련님을 정말 좋아하거든요. 저도 그렇고요."

조수연은 미소를 지었다.

나의 마음을 풀어 주기 위한 상냥한 미소였다.

"엄마의 소원은 은악을 다시 살기 좋게 만드는 거였어요. 그 소원을 들어주신 분을 제가 어찌 싫어하겠어요. 그건 사고 였어요. 도련님 탓이 아니에요."

"……."

"맞습니다!"

"다시 오세요!"

마중 나온 사람들이 모두 한마디씩을 던졌고 나는 고개를 끄덕였다.

"종종 찾아뵙죠."

시민들에게 인사를 하고 마차에 올라타는 나를 아린이와 상혁이가 반겼다.

"야, 나보다 네가 더 영주 같다."

"부러우면 너도 법과 정치를 공부하세요."

나는 퉁명스럽게 말하고 창문을 열어 멀어지는 은악을 바라봤다.

상혁이는 그런 나를 보며 말했다.

"야, 우냐? 울어?"

"안 울거든? 까불지 마라. 진짜 한 대 맞기 전에."

"크크크, 괜찮아. 소문은 안 낼 테니까."

"건들지 마. 나 민감하다."

나는 슬쩍 아린이 눈치를 보았다.

아린이는 편안한 자세로 책을 읽고 있다.

그 일 이후로 뭔가 아린이 보기가 민망하다.

괜히 콧물까지 흘려서. 쯧.

"근데 진짜 어제 아린이한테 안겨서 운 거냐? 완전 눈 퉁퉁 부어서 들어오던데. 만약 그러면 좀 심각한 거 아니야? 나 같으면 쪽팔려서……."

"이 새끼 진짜!"

"야야! 차지 마! 피할 곳 없어! 차지 말라고!"

그렇게 나는 천광을 손에 얻었다.

◆ ◆ ◆

다시 돌아온 성무학관은 여전했다.

한영수 패거리는 여전히 한심했고 주지율은 누구보다 열심히 수련했으며 강무성은 여전히 생기가 없었다.

"최효정 선인님과 잘되고 있는 거 아닙니까?"

"그게 말이야……."

"아직 말하지 않았네요."

"어른들이 그러잖아. 모든 것에는 때가 있다고. 그 말을 이제야 알 거 같다."

아주 대단한 거 깨달으셨네요.

"정 그러면 말하지 마세요. 최효정 선인님이 다른 남자랑 사귄다고 제가 손해 봅니까? 선인님만 늙어 죽을 때까지 짝

사랑만 하겠죠."

"……지금 당장 말하고 오마."

"다녀오세요."

강무성은 아마 오늘도 못 말할 것이다.

전생에서는 어떻게 사귀었는지도 모르겠다.

죽기 직전이라 그냥 지르고 본 건가?

그렇게 수업에 들어가자 박민주가 나를 반겼다.

"나 두고 셋이서만 갔다 오는 게 어디 있어? 혼자서 얼마나 외로웠는데. 정말 너무해."

"……우리가 그렇게 친했었나?"

"이럴 수가! 상처받았어. 엄청나게 상처받았어. 아, 심장 아파."

사실 박민주와 친하게 지내서 나쁠 것은 없다.

장기적으로 그녀도 중요도 만점짜리 인물이었으니 말이다.

그런데 놀리는 게 재밌다고 해야 할까.

박민주는 반응이 커서 놀리는 재미가 있었다.

"상혁이 영지는 어때? 거기 가난하다며. 우리 신평 가문에 돈 많은데 내가 투자 좀 할까?"

"이제 안 가난해. 이 나라에서 가장 부자 도시야."

"정말? 어떻게? 어떻게 그럴 수가 있어? 운성도 그냥 판 도시잖아."

"그렇게 됐어."

"아! 그럼 상혁이한테 점수 못 따는데! 내가 딱 하고 투자하면서 이 누나만 믿어! 그러려고 했단 말이야."

슬슬 박민주의 수다를 멈춰야겠다.

이대로 가면 말이 끊임없이 이어질 것만 같다.

게다가 거긴 아린이 자리다. 네가 앉아 있을 수 있는 그런 평범한 자리가 아니란 말이다.

그녀의 입을 막는 방법은 쉽다.

박민주가 말하기 싫어하는 화제로 바꿔 버리는 거다.

"그런데 박민주. 너 이대로 가면 퇴출 아니야?"

"어?"

"필기 성적은 그럭저럭. 실기 성적도 그럭저럭. 근데 너 무예 점수가 엄청 낮다며?"

"그걸 네가 어떻게 알아?"

"여기 애들 다 알걸. 정확한 점수는 몰라도."

"진짜? 완전 쪽팔려."

"성무학관은 한 번만 유급해도 퇴관인데. 괜찮겠어?"

"안 괜찮지."

박민주는 하얗게 질려 머리를 감쌌다.

"아! 잊고 있었는데 또 생각났어. 어떡하지? 나 이러다가 상혁이랑 같이 못 다니는 거 아니야?"

"……."

그게 문제냐?

사랑에 빠져 답 없는 인간이 여기도 하나 있었다.

◆ ◈ ◆

성무학관은 매년 승급 시험을 치른다.

지금까지의 성적과는 별개로 승급 시험에서 미끄러진다면 무조건 퇴출이었기에 그 시끄러운 한영수 같은 날라리도 진지하게 승급 시험을 준비했다.

하지만 박민주는 아무 생각이 없다.

아니, 이미 포기한 셈인가?

"그래도 필기 점수가 좋으면 괜찮지 않을까? 왜, 나 실기도 나름 잘했는데."

"필기, 실기, 무예 셋 중 하나라도 낙제면 강제 퇴관이라니까."

"이럴 수가! 퇴관이라니! 내가 퇴관이라니!"

박민주가 이미 퇴관이 확정된 것처럼 좌절했다.

사실 확정된 것이나 다름없다.

회귀 전에도 박민주는 승급 시험에서 떨어져 집으로 돌아갔으니 말이다.

'꽤 미뤘지.'

박민주 역시 나의 계획 안에 있는 인물이었다.

궁신(弓神)이 될 재능을 가진 만큼 빠르게 적성을 찾아 주는 게 중요했다.

그렇게 중요한 그녀의 일을 연말까지 미룬 이유는 단 하나.

최악의 경우 박민주가 퇴관을 당하더라도 그녀는 스스로의 힘으로 궁신이 되기 때문이다.

그렇기에 가만히 놔뒀으면 화강을 쑥대밭으로 만들었을 아린이나 저기 변방에 처박혔을 상혁이보다는 급한 일은 아니었다.

그나저나 그 궁신 박민주랑 이 박민주가 같은 인물이 맞기는 한 걸까?

'위압감이 대단했지.'

회귀 전 나는 궁신 박민주를 본 적이 있다.

거대한 활과 보호색을 입힌 특유의 전투복.

적은 말수에 죽은 듯한 눈을 가진 그녀는 살아 있는 사람 같지 않았다.

오직 나찰을 죽이기 위해 존재하는 인외(人外) 생물 같은 느낌이라고 할까.

하급 무사 나부랭이였던 나는 말도 못 걸 정도로 엄청난 위압감을 풍기던 인물이었다.

'근데 얘는 왜 이럴까?'

나는 우는 시늉을 하는 박민주를 바라봤다.

"난 안 될 거야. 어흑흑."

설마 이름만 똑같고 다른 사람인 거 아니야?

신평에 다른 박민주가 또 있다거나.

어쨌든 박민주를 각성시키긴 해야 한다. 가만 놔두어도 궁신이 될 수 있겠지만 그 시기를 최대한 앞당길 필요가 있었으니 말이다.

"내가 도와줄까?"

박민주는 기다렸다는 듯 벌떡 일어나며 내 손을 잡았다.

따뜻하고 부드럽다.

"응? 정말? 그래 줄래? 사실 정말 부탁하고 싶었는데 내가 먼저 말하면 네가 부담스러워할 거 같고 그래서 말을 못 했거든. 왜 아린이랑 상혁이도 너랑 같이 수련하고 나서 엄청나게 강해졌잖아. 물론 걔들은 원래부터 강하긴 했지만 그래도 네가 봐주면 나도 강해질 수 있지 않을까? 하는 그런 생각을 했었거든."

내 제안을 기다리고 있었구나.

박민주는 사전에 준비된 듯한 말을 쏟아 낸 뒤 초롱초롱한 눈으로 나를 바라봤다.

의욕이 있다는 건 좋은 일이다.

"알았어. 그럼 수업 끝나고 오후에 뭐가 문제인지를 좀 봐 줄게."

"응! 이 은혜는 꼭 갚을게!"

"승급 시험에 통과하는 게 은혜를 갚는 거야."

그때였다.

옆에서 풍란 향과 함께 뼈가 얼어붙을 듯한 한기가 느껴졌다.

아린이가 도착한 것이다.

"거기 내 자리인데. 비켜 줄래?"

박민주는 얼른 내 손을 놓고 벌떡 일어나며 말했다.

"응! 따뜻하게 데워 놨어."

좋은 임기응변.

회귀 전 찐따학을 정립한 내가 생각해도 좋은 대답이었다.

박민주는 도망치듯이 멀찌감치 떨어졌고 아린이는 자리에 앉으며 말했다.

"무슨 얘기 했어?"

"이번에 승급 시험 얘기. 박민주는 간당간당하잖아."

"그렇긴 하지. 성적이 불균형적이니까. 그래서 도와주려고?"

"어? 그게……."

내가 왜 눈치를 보지?

은악의 밤 이후로 뭔가 아린이를 대하기가 민망하다.

왜 거기서 눈물 콧물 다 짜서.

적어도 콧물은 흘리면 안 됐다.

옷에 묻은 걸 보고 무슨 생각을 했을까?

생각하니 다시 죽고 싶어진다.

어디 회귀 동굴 하나 더 없나?

그렇게 과거의 자신을 원망하고 있을 때 아린이가 말했다.

"도와줘. 그러고 싶은 거잖아."

"어. 그래야지. 그러고 싶어."

"그럼 열심히 해야겠네."

아린이는 빙긋 웃고는 고개를 돌렸다.

그럼 허락도 받았겠다 거슬릴 것이 없다.

"둘이 무슨 소리 하냐? 근데 내 자리는?"

상혁이가 뒤늦게 왔고 나는 녀석에게 말했다.

"넌 저기 박민주 옆으로 꺼져. 자리 없다."

"와, 너무한 거 아니냐? 너 설마 거기서 한 번 놀렸다고 삐졌냐? 응?"

"안 삐졌거든. 그럼 일찍 오지 그랬냐?"

"응. 저기로 가. 여기 자리 없어."

아린이의 말에 상혁이는 충격받은 얼굴로 말했다.

"아린이까지! 이거 서러워서 살겠냐?"

그리고는 풀이 죽어 박민주에게로 다가갔다.

박민주는 화들짝 놀라 어쩔 줄 몰라 하다가 나에게 엄지손가락을 들어 보여 줬다.

상혁이랑 친해지면 그래도 의욕을 더 불태우지 않을까?

어쨌든 미래의 궁신을 빠르게 불러올 때가 되었다.

Chapter 17.

수업이 끝나고 나는 먼저 강무성을 찾아갔다.

강무성을 비롯한 교관들은 모두 승급 시험 준비로 바빴다.

"용건이 뭐야?"

강무성은 약과를 우물거리며 일을 보고 있었다.

"그건 누가 만들어 준 겁니까? 사 왔다고 하기에는 조잡한데."

"이게 어디서 조잡하다고. 이거 효정이가 준 거거든?"

호오? 제법인데?

"……뭐냐? 그 표정은? 별거 아니야. 이건하 줄 거 준비하면서 내 것도 만들었다고 하더라."

"그래요? 꽤 사이가 좋아지셨네요. 원래는 덤으로도 못 받았었잖아요."

"시비 거냐?"

"아닙니다. 아직도 말은 못 했죠?"

강무성은 잠시 머뭇거리더니 말했다.

"정확하게 말한 건 아니지만 운은 띄워 봤어."

"뭐라고요?"

"널 구한 게 다른 사람이면 어떨 거 같냐고……."

"정말 찌질한 접근 방식이네요. 그게 그 유명한 '내 이야기는 아니고 내 친구 이야기인데' 전략이잖아요. 완전 찌질한 방법이죠."

"죽을래?"

"됐습니다. 이제 안 말해도 될 거 같네요. 이왕 이렇게 된 거 배려심을 극대화하는 쪽으로 가죠. 병사의 바보 같은 실수도 이용하는 게 장군 아니겠습니까?"

"누가 장군이고 누가 병사냐?"

"에이, 아시면서."

나는 약과를 하나 집어 먹었다.

"먹지 마!"

"에이, 저도 하나는 먹어도 되지 않습니까?"

효정 선인을 구하는 데 내 공이 얼마인데.

약과가 아니라 근사한 만찬을 차려 줘도 모자랄 거 같은데 말이야.

강무성은 혀를 차며 말했다.

"그런데 부탁할 건 뭐야? 너 부탁 있을 때만 나한테 오잖아."

"승급 시험에 대해서 물어보러 왔습니다. 어떤 식으로 치러지는지."

"또 뭔가를 꾸미고 있구나?"

"나쁜 일은 아닙니다."

"뭐, 복잡하진 않아. 일단 필기는 그냥 시험이고, 실기는 너희가 항상 하던 모의 임무 형식이고. 무예 시험은 교관들이랑 일대일 대련이다."

"교관들이랑 대련이요? 생도들끼리가 아니라?"

"생도들끼리 하면 실력 평가가 되겠냐?"

하긴, 1학년들끼리는 서로 실력 차이가 크게 나기 때문에 제대로 된 평가를 할 수가 없다. 상대적으로 실력이 떨어지는 쪽이 아무것도 보여 주지 못하고 끝날 테니까.

반대로 교관들은 적당히 힘 조절을 해 가며 생도들의 실력을 평가할 수 있다.

'필기랑 실기는 알아서 통과할 테고.'

박민주의 필기는 낮은 편이 아니었고 실기 또한 중간은 했다.

문제는 무예 점수.

나는 강무성에게 물었다.

"그러면 박민주는 지금 점수가 어떻게 됩니까?"

"너 그거 개인 정보인 거 알지?"

"박민주를 위한 일입니다. 좀 알려 주세요."

강무성은 나를 흘깃 올려 보고는 서랍을 뒤져 박민주의 성적표를 꺼냈다.

"내가 보여 줬다고 말하지 마라. 신평에서 난리 칠 수도 있으니까."

"당연하죠."

성적은 총 3개.

박민주는 나름 필기와 실기에서 좋은 점수를 받았다. 그래도 가문의 이름으로 성무학관에 입학한 것은 아닌 모양이다.

하지만 무예 점수가 0점이었다.

0점이라니. 이거 말이 되나?

"무예 점수가 0점인데요?"

"그래, 0점이야. 대련에서 단 한 번도 못 이긴 건 그렇다 치더라도 개인 교습해 주는 교관까지 0점을 줬더라고."

생각보다도 점수가 낮다.

그래도 한 30점은 따 놨을 줄 알았는데 말이다.

참고로 말하자면 2학년 승급에 필요한 점수는 70점.

"그럼 승급 시험에서 만점을 받아야겠네요?"

"그래야겠지. 그래도 턱걸이 통과지만."

승급 시험의 점수가 7할, 내신이 3할이었으니 무예 점수

만점을 받아야만 겨우 턱걸이로 통과할 수 있다는 소리다.

"만점 받으려면 어떻게 해야 합니까?"

"글쎄. 담당 교관이 누구냐에 따라 다르겠지만 담당 교관이 하급 무사라는 것을 기준으로는 이겨야 만점일 거야."

"하급 무사를 이겨야 한다고요? 그러니까 이긴다는 게……."

"먼저 치명상을 입히면 승리. 물론 수련용 무기로 하니까 진짜 죽이는 건 아니고."

이거 야단났다. 조금 더 일찍 신경을 썼어야 했나.

"표정이 왜 그러냐? 박민주 무예 시험이라도 도와주려고?"

"그러려고 했었죠."

"괜히 시간 낭비하지 말고 포기해."

"생도들을 지도해야 하는 교관이 할 말은 아닌 거 같은데요."

"싸우지 못하는 사람이 무사가 되면 어떻게 되는지 알아? 같은 조의 사람들까지 전부 몰살당하는 거야. 냉정하게 말해, 박민주는 무사가 되면 안 돼. 아무리 필기, 실기 점수가 괜찮아도 싸우지 못한다면 무사가 될 수 없어."

상당히 평가가 짜다.

강무성은 쉽게 제자를 포기하는 사람이 아니었다.

그런 강무성이 냉정하게 말할 때는 그럴 수밖에 없는 이유가 있다.

사실 나는 그 문제를 알고 있다.

그리고 이제 나는 박민주 최대의 문제점을 해결하러 가야
한다.

◆ ◆ ◆

강무성과의 면담을 마친 나는 박민주와의 약속을 지키기
위해 연무장으로 향했다.

박민주는 그럴듯한 자세로 언월도를 휘두르고 있었다.

신평월도법(新坪月刀法).

예로부터 신평은 거대한 언월도를 잘 쓰기로 유명했다.

당연히 신평 가문 출신인 박민주 또한 이 신평월도법을 연
마했다.

"수련하고 있었어?"

박민주는 화들짝 놀라며 배시시 웃었다.

뭔가 작은 강아지 같은 느낌이다.

"응. 그래도 네가 도와준다는데 손 놓고 있을 수는 없잖아."

"넌 실력이 모자란 게 아니야."

박민주의 실력은 결코 나쁜 편이 아니다.

아니, 솔직히 말해 박민주는 동 나이대 최강자 중 하나라고
할 수 있다.

"네 문제는……."

목검을 챙겨 온 나는 예고도 없이 박민주를 향해 검을 휘둘

렀다.

정확하게 이마에 꽂히는 궤적.

진검이라면 반으로 갈라져 죽는 궤적이었다.

"히익!"

박민주는 숨을 들이마시며 그대로 굳어 버렸고 나는 그녀의 이마 앞에서 검을 멈추었다.

이게 바로 박민주의 최대 문제점이다.

"역시 못 막네. 이게 네 최대 문제야."

"그걸 어떻게 막아! 갑자기 공격해 놓고!"

"막는 시늉도 못 했잖아."

"그건……."

기습이긴 했으나 그렇게 빠른 공격도 아니었다.

박민주 정도의 실력이라면 충분히 막고도 남을 정도의 공격. 그러나 그녀는 반응조차 하지 못했다.

이것이 박민주의 최대 문제점.

상대의 공격에 몸이 얼어붙는다는 것이다.

이것이 그녀가 교관한테 0점을 받은 이유였다.

"이 문제를 고치지 못하면 넌 퇴관이야. 아니, 퇴관당해야해. 너도 죽고, 네 조원도 죽을 테니까."

"……그렇겠지?"

박민주는 침울하게 고개를 숙였다.

연습하던 동작만 봐도 얼마나 노력했는지를 알 수 있었으나 언월도를 사용하기에는 너무 큰 결점을 가지고 있었다.

"그럼 어떻게 해? 고쳐지지 않는데. 무슨 방법이라도 있어? 넌 약선님 제자니까 방법을 아는 거지?"

"아니, 방법은 없어."

내 말에 박민주는 울상을 지었다.

그녀의 정신적인 결점을 고칠 방법은 없다.

하지만 다른 방식으로 문제를 해결할 수는 있다.

"그래서 말인데. 활을 드는 건 어때?"

"활?"

"활을 쓰면 적에게 공격당할 일이 적어지잖아. 적어도 창보다는 너의 단점을 숨길 수 있지."

여기서 은근슬쩍 활을 권한다.

회귀 전 박민주는 전쟁 통에 가족들이 학살당하는 것을 보고 분노해 활을 든다.

당시 나이 27살.

본격적인 전쟁이 시작되고 2년 뒤의 일이었다.

그리고 우연히 궁신의 눈에 띄어 제자가 되고 다시 5년 뒤에는 죽은 스승을 대신해 궁신으로 올라선다.

고작 5년 만에 이 나라에서 가장 활을 잘 다루는 무사가 된 것이다. 엄청난 노력이 깔려 있겠지만 그럼에도 실로 압도적인 재능이라고밖에는 볼 수 없었다.

'궁신(弓神)의 무공은 나도 알고 있지.'

박민주는 스승이 죽고 난 뒤 궁신의 무공을 모든 이들에게 뿌렸다.

오직 나찰을 더 죽이겠다는 일념만으로 한 행동이었다. 고수가 많아지면 그만큼 많은 나찰을 죽일 수 있을 테니까.

덕분에 나 역시 궁신의 무공 비급을 얻을 수 있었고 혹시 배울 수 있을까 달달 외운 적도 있다.

결과적으로는 배울 수 없었다. 당시의 나에게 활은 생소한 무기였고 또 너무 어려웠으니까.

"네가 원한다면 너에게 딱 맞는 무공을 가르쳐 줄 수 있어. 천리사궁(千里蛇弓)이라는 무공이야. 궁법 중에서는 초일류라고 할 수 있지."

"천리사궁(千里蛇弓)?"

천 리 밖에서 뱀처럼 살아 움직이는 화살을 날린다는 무공.

이 무공만 완벽하게 배운다면 적에게 공격당할 일 없이 싸울 수 있을 것이다.

하지만 박민주는 망설였다.

"근데 활을 쓰는 건 조금……."

박민주가 고민하리라는 것쯤은 예상하였다.

가문의 무공을 버리는 건 쉬운 일이 아니다.

상혁이만 봐도 천뢰쌍검에 미련을 버리지 못하다가 결국 아버지가 남겨 준 비급으로 수련 중이지 않나.

회귀 전에는 가족들이 살해당하고 어떻게든 싸우고 싶어

활을 들었던 그녀다.

지금은 그런 계기가 없으니 쉽게 활을 들 수는 없을 터.

하지만 그 계기는 내가 만들어 줄 수 있었다.

"활을 들고 시험에 통과하면 상혁이랑 단둘이 밥 먹을 자리를 만들어 주지. 어때?"

"……!"

박민주의 눈빛이 달라졌다.

"그리고 이번만 활을 들어 보는 거야. 신평월도법은 계속 수련해. 이제 한 달 하고 조금밖에 안 남았잖아. 한번 해 보는 거 어때?"

"그, 그럴까?"

회귀 전과는 활을 들게 되는 계기의 무게가 너무 다른 느낌이지만 뭐 결과만 같으면 그만이다.

"그럼 바로 수련을 시작해 볼까?"

"좋아! 어차피 이대로 가면 퇴출인데 한번 해 보지 뭐!"

그렇게 박민주는 회귀 전과는 비교도 할 수 없을 정도의 가벼운 이유로 궁도를 걷기 시작했다.

◆ ◈ ◆

승급 시험까지 남은 건 약 40일.

고작 40일 안에 박민주를 하급 무사와 싸울 수 있을 정도로 성장시켜야 했다.

그것도 공격당하지 않으면서 말이다.

그러기 위해서는 수련! 또 수련밖에 없다.

"달려! 달려!"

"으아아아아아!"

나는 박민주의 뒤를 따라 산을 오르고 있었다.

그녀에게 주문한 것은 오직 한 가지.

까치발을 들고 달리라는 것뿐이었다.

"나 죽어! 나 죽는다고! 다리 마비될 거 같아!"

"죽지 않습니다! 계속 달립니다!"

박민주 성장 첫 번째 단계.

그것은 누구보다 빠른 발이다.

천리사궁(千里蛇弓)은 기본적으로 초장거리 저격형 무공이다. 하지만 일대일 대련에서 저격할 수는 없는 노릇.

다행히도 천리사궁에는 적이 접근해 왔을 때 상대하는 법이 있었고 일단은 이를 중점적으로 가르칠 생각이었다.

"자기를 토끼라고 생각합니다. 알겠습니까? 깡충깡충! 계속 뛰어!"

"알겠는데! 너 말투가 이상해!"

일부러 이상하게 하는 거다.

예전에 내 훈련 교관님이 이런 말투로 갈궜거든.

효과가 아주 좋다.

"더 빨리! 우리 할머니도 너보다는 빨리 뛰겠다."

"그런 할머니가 어디 있어?"

몰라. 우리 교관님이 그랬어.

난 박민주의 속도가 느려질 때마다 귀에 대고 소리쳤고 결국 정상까지 올라갔다.

"더는 못해."

박민주는 그대로 뻗어 버렸고 나는 그런 그녀에게 물을 건네며 말했다.

"잘했습니다. 이제 내려갑니다. 이번에는 내가 앞장설 테니 잘 보고 따라서 내려옵니다."

"뭐? 좀만 쉬었다가."

"쉬다가 2학년 못 올라가도 좋습니까?"

"……안 되지. 그건 안 되지."

박민주는 물을 벌컥벌컥 마시고는 비틀거리며 일어났다.

천리사궁(千里蛇弓)의 근접전은 간단하다.

도망치면서 쏜다.

그러기 위해서는 그 무엇보다 하체의 외공이 중요했다.

까치발을 드는 이유 또한 민첩하게 움직여 적과의 거리를 유지하기 위함이다.

"자, 내려갈 때도 까치발. 까치발도 중요하지만, 이제 뒤돌아서 갈 거야. 뒷걸음질로."

"뒷걸음질로? 왜?"

"그래야 하니까."

도망치면서 활을 쏘기 위해서는 빠른 뒷걸음질이 중요하다.

나는 토끼처럼 깡충깡충 뛰며 말했다.

"다시 토끼처럼. 그럼 잘 따라옵니다!"

내가 먼저 뒤로 달리기 시작했고 박민주는 어설프게 나를 따라왔다.

박민주는 한 100번 정도 넘어지고 나서야 산에서 내려올 수 있었다.

한 번 왕복했을 뿐임에도 박민주는 거지꼴이 되어 있었다.

"이제 끝이야? 좀 쉬어도 될까?"

"수련에 끝이 어디 있습니까? 다시 올라갑니다. 이번에는 올라갈 때 뒤로, 내려올 때 앞으로. 신나게 노래 부르면서 갑시다! 사나이로! 태어나서!"

"난 사나이 아닌데……."

하급 무사였던 나와 내 동료들을 훈련한 교관님이 왜 그렇게 신나서 훈련했는지 알 것만 같다.

'이게 재밌네.'

그간 살인적인 수련을 해 온 나에게 산을 오르락내리락하는 건 그렇게 힘든 일이 아니었다.

역시 성악설이 맞았어.

박민주가 아무리 힘들어 한들 나는 안 힘드니 상관없다.

박민주가 울먹이든 말든 수련은 계속될 뿐이었다.

그렇게 경공(?) 수련이 끝나고 박민주는 처음으로 활을 잡을 수 있었다.

"나 다리가 떨려. 죽을 거 같아."

"괜찮아. 이따 약탕으로 목욕하면 피로가 싹 풀릴 거야. 약 선님한테 이미 주문해 놓았으니까 걱정하지 마. 그럼 활부터 쏴 보자."

지금 박민주가 들고 있는 것은 훈련소 최고의 강궁(强弓) 이었다.

만작 시 필요한 힘이 자그마치 100근(60kg)이나 되는 것으로 평범한 사람은 당길 수도 없을 정도의 강궁.

'천리사궁(千里蛇弓)은 기본적으로 강궁을 써야 하니까.'

초장거리 저격 무공인 만큼 천리사궁을 구사하기 위해서는 엄청난 강궁이 필요했다.

그래도 처음에는 일단 훈련소 강궁 정도면 충분할 터.

"한번 당겨 봐. 일단 쏴 봐야 감이 오니까."

"응. 알았어."

박민주는 각궁에 시위를 당겼다.

빠직!

이상한 소리와 함께 화살이 과녁 위로 날아갔다.

......

"뭐야? 안 맞네?"

"교관, 굉장히 실망했습니다."

박민주는 살짝 얼굴을 붉히며 말했다.

"처음이잖아! 이, 이제 감 잡았으니까 맞을 거야."

궁신의 재능.

처음부터 백발백중일 줄 알았는데 말이다.

"다시 쏴 볼게."

하지만 기대와는 달리 두 번째 화살도 과녁 위로 날아갔다.

이러면 안 되는데 말이다.

내 계획은 완벽했다.

첫발부터 과녁 정중앙에 화살을 꽂은 박민주가 자신의 재능을 깨닫고 신나서 수련하는 게 바로 내 계획이었는데 말이다.

"나 재능 있는 거 맞아?"

"혹시 신평 가문에 너 말고 다른 박민주 있는 거 아니야? 너는 재능 없는 박민주라든가."

"없거든! 없어! 박민주는 나뿐이라고!"

"근데 너 왜 못 맞혀?"

"몰라. 재능 있다고 한 건 너잖아."

"그러니까 말이야."

이상하다.

"다시 한 번 쏴 봐. 최대한 당겨서."

박민주는 우는 소리를 내며 활시위를 당겼다.

그리고 그 순간이었다.

뻑! 하는 소리와 함께 활이 부러졌고 놀란 박민주는 그대로 뒤로 넘어가 엉덩방아를 찧었다.

"꺅! 뭐야? 뭐야? 활이 왜 부러져?"

그런 거구나.

처음에 들린 그 소리.

그것은 활에 균열이 가는 소리였다.

그러니까 화살이 안 맞고 하늘로 올라가지.

아무래도 내가 한 가지 간과하고 있던 것만 같다.

'박민주도 신평월도법을 수련했었지.'

신평월도법은 기본적으로 100근에 가까운 언월도를 들고 수련한다. 훈련소에 있는 언월도만 해도 엄청난 무게를 자랑했으니 말이다.

즉, 근력 하나는 박민주가 성무학관 제일이라는 소리다.

"특별한 활이 필요하겠어. 생각보다도 힘이 더 좋네."

박민주는 민망한 얼굴로 입술을 삐죽 내밀었다.

"그럼 이제 수련을 어떻게 해? 활이 없잖아."

"활 없이 사격 훈련은 할 수 없으니까……."

나는 남악을 올려 보았다.

누가 그랬지.

누군가 이 나라의 미래를 묻거든 남악을 올려 보라고.

"에이, 그건 아니지. 설마 또 뛰어?"

"자! 교관이 다시 돌아올 때까지 다시 뜁니다!"

"그 말투 싫다고!"

"싫으면 지금이라도 집으로 돌아가서 평범하게 나이 10살 많은 아저씨한테 시집가든가."

"왜 10살 많은 아저씨야?"

"그럴 수도 있다는 거지. 정략결혼이라는 게 그렇잖아. 상대가 누굴지 모르니까."

"……뛰고 올게."

박민주는 혼자 남악으로 달리기 시작했고 나는 그런 그녀의 뒤에 대고 외쳤다.

"야! 까치발!"

어디서 꾀를 부리고 있어.

◆ ◇ ◆

성무학관 2학년은 승급 시험이 없다.

이들의 성적은 오직 하급 무사의 자격으로 참여한 임무로 평가되었기 때문이다.

신평 가문의 둘째이자 박민주의 언니인 박민아 또한 집에 갈 준비를 하고 있었다.

"민아야! 너 동생 승급 시험 안 보려고?"

"동생? 아, 그거 뭐하러 봐. 어차피 탈락인데."

박민아는 동생의 상황을 정확히 알고 있었다.

어렸을 적, 신평 가문의 아이들은 남녀 모두 같은 수업을 받았다.

그중 하나가 금강신법(金剛神法)이었다.

말이 금강신법이지 수련 방법은 일방적인 구타였다.

맞아 본 놈이 더 잘 때릴 수 있다는 이상한 논리에서 나온 구닥다리 수련법.

이를 버텨 낸 자만이 신평월도법을 배울 수 있었고 직계인 박민아와 박민주도 예외는 아니었다.

"미친놈들이지."

박민아는 집안 어른들을 생각하며 중얼거렸다.

악으로 버틴 박민아와 달리 박민주는 수련 중 공포로 정신을 잃을 정도였고 그 결과 그 어떤 공격에도 반응하지 못하는 몸이 되어 버렸다.

'어떻게 성무학관까지 오긴 했지만 이제 끝이네.'

성무학관 입학시험에서는 절대적인 전투 실력을 보지 않았다. 일종의 기본이기 때문이다.

그 덕분에 박민주는 합격할 수 있었고 1년이라는 시간을 벌었다.

하지만 여기까지다.

결국, 그 정신병을 고칠 수 없다면 무사는 될 수 없다.

아니, 안 되는 게 맞다. 민폐만 될 뿐이니까.

"어차피 퇴출당하면 결혼하기로 했으니까. 뭐, 집에서 보면 되지."

"퇴출 안 당할 수 있겠던데? 이서하가 붙었대."

"이서하?"

"왜 그 청신의 천재 말이야."

청신의 천재.

소성무대전에서 준우승을 한 친구였다.

박민아 또한 대성무대전에 참가하기 위해 그 자리에 있었던 만큼 기억하고 있었다.

'확실히 1학년치고는 강했지만……'

도대체 동생을 데리고 뭘 하려는 건지 모르겠다.

'10년간 해결되지 않은 문제가 쉽게 해결될 리도 없고.'

박민아의 친구는 계속해서 말을 이어 갔다.

"혹시 네 동생한테 마음 있는 거 아니야? 그럼 대박인데. 아, 근데 소문으로는 그 유아린이라는 애랑 친하다고 그러던데. 왜 그 엄청 예쁜……"

박민아는 친구의 수다를 듣지도 않고 밖으로 나갔다.

"야, 박민아! 어디 가?"

"잠깐 동생 좀 보고 올게."

혼자 고민해 봤자 답은 안 나온다.

◆ ◆ ◆

박민주를 위한 활은 빠르게 만들어졌다.

성무학관에 있는 대장간은 실력이 좋아 굳이 다른 곳을 갈 필요도 없었다.

천광의 손잡이와 검집도 여기서 만들었으니 말이다.

"이틀 만에 만들어 달라고 하셔서 아주 혼났습니다. 여기 주문하신 각궁입니다. 마수의 뿔로 만들어 튼튼할 겁니다."

마수의 뿔을 혼합한 각궁은 한계까지 탄성을 올렸다.

"당기는 힘은 어느 정도입니까?"

"주문대로 200근에 맞췄습니다. 근데 누가 사용하기에 그런 괴물 같은 활이 필요한 겁니까?"

"있습니다. 이런 활이 필요한 친구가."

나는 활을 한번 당겨 보았다.

할아버지 방식으로 외공을 수련한 나 또한 연사는 힘들 정도로 당기기가 힘들었다.

'그래도 이 정도는 쏴 줘야지.'

당기는 힘이 강하면 강할수록 화살은 빠르고 멀리 날아간다. 일대일에서 하급 무사를 상대로 치명상을 입히려면 이 정도는 돼야만 한다.

'연사는 능하려나?'

신평월도법을 수련한 박민주라면 당기는 것쯤은 가능할 것이다.

문제는 연사다.

저격할 때는 연사가 필요하지 않겠지만 대련에서는 적어

도 세 발 정도는 연사로 쏴 줘야 한다.

'뭐, 가능하겠지.'

그 정도는 한 달 안에 어떻게 되지 않을까?

난 구보를 하고 온 박민주에게 활을 건네주었다.

"우와! 예쁘다."

"그게 예쁘다고?"

"응! 반짝반짝하잖아. 그리고 나만을 위해 특별 제작한 거고."

새것이니까 손때 하나 없긴 하다만.

미적 감각은 다들 다르니 말이다.

"그럼 한번 쏴 봐."

이번에도 빗나가면 어쩌지?

하지만 내 걱정은 다 기우였나 보다.

박민주가 날린 화살은 바로 정중앙으로 날아가 꽂혔다.

"와! 대박! 나 맞혔어."

"내가 뭐라고 했냐? 너 재능 있었다니까."

근데 왜 다리가 후들거릴까?

이번에도 하늘로 날아갈까 봐 조마조마했다.

박민주는 신이 나서 다시 활을 쏘기 시작했고 대부분은 중앙 과녁에 명중했다.

"우연이 아니었어."

"원하는 곳에 완벽하게 날릴 수 있을 때까지 계속 연습해.

아, 그리고 이거."

나는 박민주에게 비급을 건네주었다.

천리사궁의 기본을 적어 놓은 비급이었다.

활이 만들어지는 이틀간 내가 손수 적은 것이었다.

"천리사궁(千里蛇弓)의 비급이야. 일단 이번 대련에 쓸 기술들을 적어 놓았으니 이걸 중점적으로 연습하도록 해."

"구보는?"

"그건 기본이고."

"아, 계속해야 하는구나."

기본 없이 할 수 있는 건 없다.

"꾸준하게 하면 가능할 거야. 다시 말하지만 넌 천재야. 재능이 있어. 내가 시키는 대로만 하면 된다. 아자 아자!"

"아자 아자!"

그렇게 열심히 의욕을 불어넣어 주고 있을 때였다.

"야! 너 뭐 하는 거야?"

저 멀리서 누군가가 다가오는 것이 보였다.

박민주와 닮았으나 인상은 훨씬 날카롭다. 아담한 체구였지만 소두라 키가 작다는 느낌은 들지 않는 여자였다.

무표정하게 있으면 귀여울 거 같지만 표정이 표독스러운 것이 뭔가 화난 사람 같다.

어쨌든 내가 아는 사람은 아니다.

'나한테 말한 게 아니겠지.'

일단 수련에 집중하자.

"너 말이야. 너!"

내 생각과 달리 여자는 바로 앞까지 와 일갈했다.

초면에 예의가 없는 친구다.

"누구신데 아는 척이죠?"

"나는……."

"언니? 여긴 웬일이야?"

여자가 입을 열기도 전에 박민주가 누군지를 알려 주었다.

언니? 박민주의 언니라면…….

'아, 그 여자구나.'

박민아.

훗날 신평 가문의 가주가 되는 여자였다.

박민주와 박민아는 연년생의 자매지만 성격부터 성장 과정까지 완벽하게 다른 길을 걸었다.

성무학관에서 쫓겨난 박민주는 바로 결혼을 한 뒤 전쟁이 일어날 때까지 평범한 양반집 부인으로 살아간다.

그에 비해 언니인 박민아는 성무학관을 졸업하고 무과에서 뛰어난 성적을 낸 뒤 바로 선인이 되어 많은 작전에 투입된다.

그렇게 나찰과의 전면전이 시작되고 박민아는 기회를 놓치지 않았다.

그녀는 신평의 가주가 죽자 모든 이들의 지지를 받아 새로운 가주가 되었다.

그런 박민아를 한마디로 표현하면…….

'전쟁귀(戰爭鬼).'

피도 눈물도 없는 냉정한 성격에 신평 가문 특유의 화끈함, 거기에 야망까지 가진 그녀는 타고난 전쟁귀였다.

물론 이 모든 건 회귀 전의 이야기이기에 지금은 성격이 좀 다를 수도 있다.

어쨌든 역사적인 인물.

나는 소문으로만 듣던 박민아를 유심히 관찰했다.

"뭐야? 기분 나쁘게."

"아뇨, 민주랑 많이 닮은 거 같으셔서."

"쯧."

박민아는 혀를 찼다.

"내가 민주랑? 말도 안 되는 소리."

불쾌함을 표시하는 박민아.

동생을 싫어하나?

내 의문과는 별개로 박민아는 말을 이어 갔다.

"그런데 너 지금 뭐 하는 거야?"

"뭐하긴요? 수련 중입니다. 민주랑 같이."

"그런데 왜 민주가 활을 쏘고 있지? 혹시 승급 시험 도와준다면서 네가 쓰라고 했냐?"

박민아는 인상을 쓰며 나에게 말했다.

그녀의 불만이 뭔지는 말하지 않아도 알 수 있다.

왜 신평월도법을 수련하는 박민주에게 활을 권유했냐는 거겠지.

하지만 난 당당하다.

틀린 일을 한 것도 아니지 않은가.

물론 신평 가문 쪽에서는 가문의 무공을 버린 배신자라고 박민주를 욕할 테지만 궁신이 되면 오히려 가문에 힘 좀 보태 달라고 절을 해 올 것이다.

하지만 지금은 궁신이 아니니 대충 얼버무리자.

"네, 제가 활을 들라고……."

"아니야! 언니! 내가 쏜다고 했어."

내 대답이 끝나기도 전에 박민주가 끼어들어 말했다.

"난 공격을 못 막으니까. 그래서 서하가……."

"그래서 활을 쏜다고? 정신 차려. 이제 한 달 남았어. 그걸 배운다고 네가 뭘 할 수 있을 거 같아? 그냥 올라가서 개망신 당하고 내려올 거라는 걸 왜 몰라?"

박민주는 고개를 숙였다.

확실히 박민아의 말대로다.

고작 한 달.

그 안에 높은 숙련도가 필요한 활을 실전에서, 그것도 일대일 대련에서 쓰기란 힘든 일이었다.

하지만 박민주는 다르다.

처음 잡은 활로도 과녁 중앙에 화살을 꽂을 정도로 재능이 있다.

궁신의 재능.

그건 일반인의 10배, 아니 20배는 빠른 성장 속도를 뜻한다.

한 달이면 충분하다.

남들 2년 수련할 것을 한 달 안에 할 수 있을 테니까.

하지만 문제는 박민주가 자신의 재능을 모른다는 것이다.

지금까지는 어떻게 내가 어르고 달래서 끌고 왔지만 여기서 무너질지도 모른다.

어떻게 해야 할까?

내가 생각하는 사이에도 박민아는 계속해서 말을 이어 갔다.

"집으로 가. 시험 보지 마. 끝났어. 그냥 얌전히 결혼해. 언니가 좋은 남자로 알아봐 줄게. 망나니 같은 양반집 도련님 말고 정말 괜찮은 사람으로."

이대로 가면 회귀 전과 같아진다.

박민주는 신평으로 돌아갈 것이고 바로 결혼해 아이 낳고 평범한 삶을 살 것이다.

평범한 것이 나쁜 건 아니다.

전쟁이 왔을 때 부서지는 행복이라는 게 나쁜 거지.

특히 이번에는 상혁이를 좋아하고 있지 않은가.

나는 박민주를 살짝 내 쪽으로 끌며 말했다.

"될지 안 될지는 아직 모르지 않습니까?"

"굳이 해 봐야 알아? 결과가 이미 나와 있는데. 얘 무에 점수는 0점이야. 시험에서 하급 무사를 상처 하나 없이 이겨야만 만점이라고. 알아?"

뭐야? 그 기준 강무성만 알고 있는 거 아니었어?

하긴, 박민아는 작년에 시험을 보았으니 알고 있을 수도 있다.

그때 박민주가 조심스럽게 일을 열었다.

"언니가 그걸 어떻게 알아? 설마 0점 주라고 사주한 거야? 아저씨한테?"

박민아는 아랫입술을 깨물고는 기습적으로 주먹을 날렸다.

박민주는 역시 반응조차 못 하고 그대로 굳어 버렸고 민주의 코앞에서 멈췄다.

"내가 왜 아저씨한테 사주하겠니? 오히려 이런 너한테 1점이라도 주는 게 이상한 거 아닐까? 그러니까 얌전히 집으로 가자. 잘됐네. 오늘 나랑 같이 가면 돼. 2학년은 오늘부터 방학이거든."

박민주는 고개를 푹 숙였다.

확실히 무사가 되기에는 너무나도 치명적인 단점이다.

하지만 나도 쉽게 포기할 수는 없단 말이지.

어중간한 사람도 아니고 박민주는 궁신이 될 인재였다.

'차라리 잘됐어.'

회귀 전에도 박민주는 가족들이 몰살당하는 큰일을 겪고 나서야 활을 들었다.

그 정도는 아니더라도 최소한의 압박감, 그리고 책임감이 있어야만 필사적으로 될 것이다.

상혁이와의 밥 한 끼 정도로는 그 정도 절박함이 나오지 않겠지.

박민주는 착한 아이니까 내가 등을 살짝 밀어 주면 잘해 줄 것이다.

생각을 마친 나는 은근슬쩍 박민주에게 다가가며 말했다.

"그건 안 되겠는데요."

"뭐?"

박민아가 신경질적으로 나를 돌아봤다.

눈빛에 베일 것만 같다.

박민주 또한 당황한 얼굴로 나를 올려 볼 뿐이었다.

"이번 무예 시험에서 민주가 통과할 수도 있는 거 아닙니까?"

"방금 못 봤어? 주먹만 날아와도 얼어붙어서 움직이지 못하는 애야."

"안 맞으면 되죠. 공격당하기 전에 먼저 맞히면 그만 아닙니까?"

"고작 한 달 배운 활로?"

"안 될 건 없죠."

박민주는 한숨과 함께 머리를 쓸어 올렸다.

"난 말로만 지껄이는 새끼가 제일 싫어. 그렇게 자신 있으면 너도 같이 나갈래? 민주가 시험에서 떨어지면 너도 같이 그만두는 건 어때? 그 정도의 각오가 아니면 남의 인생에 훈수 두는……."

"그렇게 하죠."

나는 즉답했다.

박민주도 놀란 듯 내 어깨를 때렸지만 나는 자신 있다.

처음 잡은 활로도 저 정도의 정확성을 보여 준 박민주다.

가능하다.

한 달이면 충분하다.

박민아는 조소와 함께 말했다.

"그래? 좋아. 그렇게 자신만만하면 한번 해 봐. 기대되네."

박민아는 이를 갈며 말하고는 몸을 돌려 걸어가다 말했다.

"너. 책임져야 할 거야. 어떤 식으로든."

박민아는 내 대답을 듣지도 않고 멀어져 갔다.

한 차례 폭풍이 지나가고.

박민주가 갑자기 소리를 질렀다.

"너, 너는 어쩌려고 그런 약속을! 미쳤어! 미쳤어! 미쳤어!"

"네가 통과하면 되잖아. 뭐가 문제야?"

맞다 보니 아프다.

얘 근력 장난 아니네.

나는 박민주의 주먹을 막으며 말했다.

"날 믿어. 넌 할 수 있어. 내가 시키는 대로만 하면."

"……정말 이길 수 있는 거야?"

"응."

"그래도 내가 만약에 지면?"

"그때는 모르는 척할 거니까 걱정하지 마. 완전 제대로 쌩
까 줄게."

"푸하하! 그게 뭐야?"

박민주는 훌쩍거리다가 슬쩍 눈가를 비볐다.

나는 모르는 척하고 먼 곳을 바라보았다.

"열심히 할게. 그럼 이제 뭐 하면 돼?"

"쏘고 달리고 쏘고 달리고. 잠은 2시진만 자자."

"그러면 사람이 죽어."

"안 죽어. 내가 이번 1년 동안 해 봤거든. 지금도 그렇게 하
고 있고."

"……"

박민주는 충혈된 눈으로 바보처럼 나를 올려 보았다.

진짜 토끼 같아서 웃기다.

하지만 끝까지 초식 동물로 있어서는 곤란하다.

"자, 그럼 쏘는 건 충분히 했으니 다시 달려 볼까? 준비됐습니까? 박민주 교육생."

"……그 말투 진짜 싫어."

본격적인 수련 시작이다.

◆ ◇ ◆

서하와의 만남이 끝난 뒤 박민아는 곧장 강무성을 찾아갔다.

1학년 총괄 지도 교관.

그녀는 사무실 문을 두드리고 대기했다.

"응, 들어와."

"실례하겠습니다."

승급 시험에 앞서 업무가 밀린 강무성은 머리를 싸매고 앉아 있었다.

"너는……."

"2학년 박민아입니다."

"응 그래. 박민아."

강무성 또한 박민아의 이름을 알고 있었다.

나름 대성무대전에서 4강까지 올라갔었던 인재인 데다가 명문 신평 가문의 생도였으니 말이다.

"여긴 웬일이지?"

"이번에 동생이 무예 시험을 치러서 제가 직접 담당 교관으로 나설 수 있는지 물어보러 왔습니다."

"네가 직접?"

"네."

"그건 공정성 문제가 생겨서 안 될 거 같은데."

"그럴 걱정은 없습니다. 저는 민주가 떨어지길 바라거든요."

"동생이 떨어지길 바란다고?"

"네."

박민아는 고개를 끄덕이고는 말을 이어 갔다.

"그리고 강무성 선인님이 이서하랑 친하다는 얘기를 들었습니다."

"……그래서?"

"이서하를 위해 일부러 져 주거나 그런 행위를 하지는 않으시겠죠?"

"그냥 듣고 넘길 수 없는 말인데."

"그러니 제가 시험을 보게 해 주시면 감사하겠습니다. 누구도 의문을 제기할 수 없을 정도로 강하게 할 생각이니 말이죠."

강무성은 생각에 잠겼다.

서하랑 많이 붙어 다닌 것은 사실이다.

그리고 서하의 사정을 많이 봐준 것 또한 사실.

'이서하는 뭘 바랄까?'

박민아가 직접 동생을 시험하는 것을 바랄까?

아니면 그 반대일까?

'내가 아는 이서하라면…….'

뭐든 확실한 것을 원할 것이다.

"좋아. 생각해 보고 연락 주마."

"감사합니다."

볼일이 끝난 박민아는 바로 밖으로 나갔고 강무성은 탁자를 두드리다가 자리에서 일어났다.

"꼭 결재받으러 가는 문관 같네. 잠깐, 그럼 내가 부하가 된 거 같잖아?"

강무성은 잠시 고민하다 무사 하나를 호출했다.

"부르셨습니까?"

"이서하 좀 빨리 오라고 해."

"네, 알겠습니다."

과연 이서하는 무슨 선택을 할까?

◆ ◈ ◆

강무성의 호출에 불려 간 나는 자초지종을 들은 뒤 바로 대답했다.

"좋네요. 근데 그러면 만점을 못 받는 거 아닙니까? 박민아 선배는 하급 무사가 아니잖아요."

"2학년 성적 2위. 대성무대전 4강. 거기다가 임무 평가도 좋으니 하급 무사보다 실력이 좋으면 좋았지 나쁘지는 않을 거다."

"그러면 혹시 선방만 해도 만점이거나……."

"그래도 아직 무과를 치르지 않은 생도니 기준은 하급 무사로 잡아야지. 안 그러면 말 나와. 어쩔래?"

"그럼 뭐, 좋네요. 그렇게 하죠."

나중을 위해서라도 박민아가 박민주의 재능을 인정하게끔 만드는 것이 좋다.

계속 활을 쓰게 해야 하는데 그때마다 박민아가 뭐라고 하면 귀찮으니 말이다.

그나저나 굳이 동생을 떨어트리려고 자원봉사를 신청하다니.

동생을 얼마나 싫어하는 건지 모르겠다.

"박민주는 어떠냐? 이길 수 있겠어?"

"흠. 박민아의 실력을 정확하게는 모르지만 냉정하게 말하면 승률은 꽤 높을 거 같네요."

"높다고? 고작 한 달 정도밖에는 연습할 수 없을 텐데?"

"규칙대로라면 말이죠. 먼저 치명상을 입는 쪽이 진다. 맞죠?"

"그래, 그거 맞다."

"그럼 승산이 있어요."

"너무 낙관적인 거 아니냐? 뭐, 네가 그렇다면 내가 신경쓸 일은 아니다만."

강무성은 믿을 수 없다는 듯 고개를 갸웃했다.

나는 자리에서 일어나며 말했다.

"꽤 피나는 수련을 하고 있거든요."

강무성과의 만남을 끝낸 나는 연무장으로 돌아와 달리며 화살을 쏘는 박민주를 바라봤다.

연습 시작 1주일.

박민주는 슬슬 자세가 나오기 시작했다.

움직이는 도중에도 능수능란하게 활을 쏠 수 있게 되었고 대부분은 원하는 곳에 날아가 꽂혔다.

하지만 아직은 멀었다.

천리사궁은 단순히 활을 쏘는 것만으로 그 명성을 얻은 것이 아니었으니 말이다.

"박민주. 이동 사격은 그만 연습하고 뛰러 가자."

"어? 웅! 그래."

박민주는 해맑게 웃으며 뛰어오더니 말했다.

"근데 금창약 남은 거 있어?"

"너 준 거 있잖아."

"그거 다 썼어. 근데 지금 손이……."

박민주는 피가 뚝뚝 떨어지는 손을 올려 보이며 말했다.

"이렇게 돼 버렸습니다!"

"……장갑은?"

"그거 끼면 손에 감각이 무뎌져서 별로야."

그렇다고 손을 이렇게 다 찢어 먹나?

나는 금창약을 바르고 붕대를 감아 주다 은근 슬쩍 말했다.

"그 열정은 칭찬해 주마. 너 승급 시험 상대 정해졌어. 네 언니야."

"민아 언니?"

"응. 이길 수 있지?"

박민주는 잠시 굳은 얼굴로 있다가 미소를 지었다.

"응. 이길 수 있어."

자신감은 좋다.

말 그대로 피나는 수련을 하고 있었으니 말이다.

그렇게 한 달이 지나고.

승급 시험이 시작되었다.

첫 번째로 필기, 두 번째로 실기 시험이 끝나고 마지막 무예 시험이 시작되었다.

생도들은 각자 순번을 받아 들고 긴장된 얼굴로 대련장에 모여들었다.

"아아, 6번이다."

상혁이는 비교적 앞 번호를 받았다.

"아, 앞 번호 긴장되는데. 너는 몇 번이냐?"

"나는 5번이지."

운명의 장난인지 난 상혁이 바로 앞 번호를 받았다.

"아린이 너는 몇 번이야?"

"나는 1번."

아린이가 첫 번째구나.

이윽고 강무성이 대련장 위로 올라오며 말했다.

대련장의 크기는 어마어마했다.

무사들이 싸우는 장소인 만큼 경공술을 사용할 수 있을 정도로 넓었다.

활을 쓰는 박민주에게는 대련장이 넓으면 넓을수록 좋다.

"그럼 지금부터 무예 시험을 시작하겠다. 먼저 1번 유아린부터 나와라."

생도들은 모두 관중석에 자리를 잡고 앉아 자기 차례를 기다렸다.

그나저나 아린이의 상대로 하급 무사가 나오면 만점 확정이나 다름없다.

성무학관 1학년의 평균적인 실력은 평범한 하급 무사 그 바로 밑쯤이었다.

그러나 그건 어디까지나 평균적인 이야기.

상혁이와 아린이는 지금 당장 하급 무사가 되더라도 상당한 실력자로 평가받을 것이었기에 만점을 받을 것이 거의 확실했다.

"아린이 상대는 불쌍하네. 생도한테 질 수도 있는 거잖아."

"뭐, 중급 무사나 상급 무사가 나오지 않을까?"

제대로 된 평가를 위해서는 그래야 한다.

그리고 그때 아린이의 상대가 대련장 위로 걸어 올라갔다.

"안녕? 예쁜 친구. 처음 보네. 난 최효정이라고 해. 백의선인."

밝은 미소로 인사하는 여자.

백의선인 최효정이었다.

관중석에 앉은 모두가 웅성거리기 시작했다.

"뭐야? 누구야?"

"백의선인이야? 선인님이 시험을 봐준다고?"

"와, 미친. 성무학관 대단하네."

놀란 건 나도 마찬가지였다.

설마 여기서 효정 선인님이 나올 줄이야.

"뭐야? 선인님이 시험 봐주는 거야?"

"그러게."

나와 상혁이와는 달리 아린이는 표정 변화가 없었다.

나는 강무성을 쳐다보며 입 모양으로 말했다.

"이게 무슨 짓입니까?"

그러자 그도 입 모양으로 대답해 주었다.

"시험 보는 짓인데?"

저 인간이.

그래도 어중간한 중급 무사나 상급 무사보다는 선인이 시험을 봐주는 게 더 정확한 판단을 내릴 수 있을 것이다.

만점 기준은 뭔지 모르겠지만 역사를 바꾸려는 사람이 한낱 시험 성적에 연연할 수는 없는 거 아니겠는가.

"그럼 시작!"

강무성의 외침과 함께 시험이 시작되었고 아린이는 자세를 잡았다.

화강신법(花鋼身法)의 자세였다.

최효정은 여유롭게 아린이를 향해 걸어가며 말했다.

"흐음, 처음 보는 기술이네."

유일한 전승자인 유현성이 정보부에 있었으니 아무리 선인이라도 화강신법에 대해서는 잘 모를 수밖에 없다.

이윽고 최효정이 사거리 안에 들어왔고 아린이는 주먹을 날렸다.

빠르고 화려한 공격.

수십 개의 공격 안에 허초와 살초가 적절하게 섞여 있어 쉽게 피할 수 없다.

간단히 말해……

모르면 맞아야 한다는 거다.

"확실히……"

하지만 최효정은 여유롭게 아린이의 공격을 받아 내며 말했다.

"실력은 좋네."

그리고는 주먹을 아린이의 복부에 꽂아 넣었다.

펑! 하는 소리와 함께 아린이가 뒤로 물러났고 최효정은 고개를 끄덕였다.

"예쁜 애가 맷집도 좋아."

"예쁜 건 관계없지 않나요?"

아린이가 퉁명스럽게 답하자 최효정이 어깨를 으쓱했다.

"칭찬이었는데."

아린이는 대답하지 않고 공격해 들어갔으나 최효정은 가볍게 피할 뿐이었다.

선인과의 격차를 다시금 체감시켜 주는 최효정이었다.

결국 아린이는 일방적으로 당하다 장외로 나가떨어지고 최효정이 말했다.

"좋아. 잘했어. 생각보다 잘 싸우네."

한 대도 때리지 못했으나 아린이는 칭찬받았다.

선인을 상대로 아직 무과도 보지 않은 생도가 이 정도 버텼다면 잘했다고 할 수 있을 것이다.

아린이는 분한 얼굴로 대련장 위의 최효정을 노려보다 고개를 숙였다.

"지도 감사합니다."

"에이, 무슨 지도까지야. 난 무성이가 부탁해서 온 거니까 인사는 무성이한테 해."

최효정은 강무성의 어깨를 툭툭 치고는 대련장 밑으로 내려갔다.

"수고했어."

아린이가 자리로 돌아오고 시험은 계속되었다.

그 뒤로는 평범하게 수준에 맞춰 하급 무사, 혹은 중급 무사가 시험을 치러 주었다.

아린이는 굳은 얼굴로 말했다.

"상대도 안 됐네. 아쉽다."

"어쩔 수 없지. 상대는 선인님이니까."

"그래도 한 대는 때릴 수 있을 줄 알았는데."

유현성의 지옥 같은 수련은 끝이 났으나 아린이는 지금까지 해 온 대로 계속해서 수련해 왔다.

화강신법이라는 새로운 무공과 부동심법, 거기에 신로심법까지 해야 했으니 아린이 또한 마음 놓고 쉴 시간이 없었다.

하지만 고작 1년 성무학관에서 수련한 것으로는 선인을 이기는 건 불가능하다.

어차피 시간이 해결해 줄 테니 걱정할 필요도 없겠지.

그렇게 내 차례가 돌아왔다.

나는 대련장으로 올라간 뒤 강무성에게 말했다.

"저는 누구랑 합니까?"

"나다."

이번에는 놀라지 않았다.

아린이가 최효정을 상대했을 때부터 예상은 하고 있었으니 말이다.

"생각해 보니 교관으로서 내가 너에게 뭔가를 가르쳐 준 게 많지 않아서 말이야. 이번에 중요한 걸 하나 가르쳐 주러 나왔다."

"중요한 거 말입니까?"

고작 한 번의 대련에서 가르쳐 줄 수 있는 게 뭐가 있단 말인가?

경험? 그건 나도 많다.

아니, 오히려 강무성보다도 전투 경험은 내가 더 많을 것이다.

"그래. 중요한 거. 그리고 혼자서는 알기 힘든 것을 말이야. 시작할까?"

"언제든지요."

나는 일검류 자세를 취했다.

선인을 이길 수는 없을 것이다.

하지만 한 방은 먹일 수 있지 않을까?

안 그래도 강무성과는 대련을 많이 해 봤기에 그의 버릇이나 움직임은 알고 있었다.

그렇게 생각하는 순간 눈 깜빡이는 사이 강무성이 내 앞에서 있었다.

'잠깐!'

적당히 봐주면서 하는 거 아니었어?

강무성은 있는 힘껏 목검을 내려쳤고 나는 겨우 검을 틀어 막았다.

목검을 잡은 손이 저릴 정도의 위력이었다.

'갑자기 무슨……'

강무성은 덮쳐 오는 화마처럼 공격을 계속했다.

어떻게든 피하고자 보법을 밟아 보았지만 강무성은 그보다 더 빠르게 퇴로를 막으며 공격해 왔다.

이제 막을 수 없다.

강무성의 목검이 파고들어 오는 것을 보며 나는 복부에 힘을 주었다.

그 순간 찢어지는 고통과 함께 목검이 배를 찔렀고 나는 고통에 나가떨어졌다.

"아우, 죽겠네."

무슨 1학년 승급 시험을 이렇게 보는 거냐?

이거 그냥 지금까지 당한 거 화풀이하는 거 아니야?

그렇게 생각하고 있을 때 강무성이 나를 향해 손을 내밀었다.

"넌 고작 4번의 공격 만에 죽었다."

"네?"

"그게 네 실력이라고. 내가 최선을 다하지 않아도 마음만 먹으면 너 정도는 4번의 공격으로 죽일 수 있다는 소리야. 네가 양기 폭주를 써도 한 10번이면 죽일 수 있겠지."

순간 망치로 머리를 맞은 것만 같은 충격을 받았다.

강무성은 멍하니 있는 나에게 말을 이어 갔다.

"화강에서 반병신이 된 나찰을 죽였다고 들었다. 나와 같이 효정이를 구할 때도 뛰어난 실력을 보여 줬지. 중급 무사들도 고전하는 마수들을 죽여 가며 말이야. 또 너는 백두검귀를 상대로도 살아남았다. 넌 15살치고는 상상 이상으로 강하다."

15살치고는 강하다.

그 뜻은 성인 수준에서는 강하지 않다는 말이다.

"하지만 앞으로도 그렇게 나대고 다닐 거면 실력을 늘려라. 지금까지 네가 살아 있는 건 운이 좋아서다. 그 이상도 이하도 아니야. 알겠나?"

강무성의 말대로다.

내가 살아 있는 것은 운이 좋아서다.

백두검귀에게 습격을 받았을 때 아린이가 위험을 무릅쓰고 폭주하지 않았다면 죽었다.

네르갈이 정상적인 상태였다면 낙월검법을 사용하더라도 죽었을 것이다.

바르파를 죽일 때도 싸운 건 아린이다.

"명심하겠습니다."

요즘 수련보다 중요한 일이 있다고 생각했었다.

상혁이 일도 그랬고, 은악도 그렇고, 박민주도 그렇다.

하지만 무슨 일을 하든 내가 먼저 고수가 되는 게 순서다.

"명심하죠."

아무리 지혜로운 자라도 다른 일에 신경 쓰다 보면 중요한 무언가를 놓치기 마련이다.

그렇다고 내가 지혜롭다는 건 아니지만 아무튼.

강무성의 조언은 참 시기적절했다.

"쉬지 말고 수련해라. 내년부터는 임무에 나가야 하니까. 제자가 죽으면 꿈자리 사나워."

"알겠습니다. 그래서 제 점수는 얼마나 주실 겁니까? 만점 주시겠죠?"

"70점 줄 거다. 딱 턱걸이."

"……."

망할 그렇게 공격했으면 만점 정도는 줘야 하는 거 아닌가?

그렇게 자리로 돌아가자 상혁이가 깔깔거리며 말했다.

"야, 너 강무성 선인님이랑 싸웠냐?"

"싸우긴 누가 누구랑 싸우냐?"

"근데 왜 저렇게 막 몰아치시냐. 너 죽는 줄 알았어. 아린이가 달려 나가려는 거 막느라 혼났네."

옆에서 아린이가 상혁이를 노려보았다.

상혁이는 재빨리 자리에서 일어나며 말했다.

"이 형이 활약하는 거나 잘 보라고."

자신만만하게 걸어 나가는 상혁이.

상대는 강무성이었다.

"꾸에엑!"

상혁이 역시 70점 이상은 못 받을 거 같다.

상혁이가 풀이 죽어 돌아오고 나는 앞에 앉아 있는 박민주를 툭툭 쳤다.

"너는 몇 번이야?"

"나? 난 14번."

"금방이네."

"응."

박민주는 불안한지 손톱을 물어뜯었다.

"괜찮아. 할 수 있어. 작전은 기억하고 있지?"

"응. 기억하고 있어."

"그대로만 하자. 너를 믿어야 할 수 있어."

실력 대 실력으로 붙는다면 박민주는 절대로 이길 수 없을 것이다.

하지만 몇 가지 박민주가 유리한 부분도 있었다.

첫 번째로 신평월도법에 대해 잘 알고 있다는 것.

두 번째로 상대는 천리사궁에 대해 무지하다는 것이었다.

나를 알고 적을 알면 백전백승이라고 하지 않던가.

이윽고 박민주의 차례가 되었고 반대편에서는 박민아가

올라왔다.

"갔다 올게."

박민주가 자리에서 일어나자 한영수가 한마디를 던졌다.

"이야, 그래도 시험을 보겠다네. 대단한데? 나 같으면 안 본다."

사방에서 수군거리는 소리가 들려왔다.

한영수처럼 대놓고 소리 내어 말하는 사람들은 없었지만, 무공을 연마한 사람이라면 전부 들을 수 있었다.

나는 조롱을 들으면서도 걸어가는 박민주의 등을 바라볼 뿐이었다.

조롱은 어쩔 수 없다.

사람들은 남의 불행을 보며 안도감을 얻는다.

여기 있는 모두 승급 시험을 통과하기 위해 필사적이었다.

나와 아린이는 내신 점수가 높고 이변이 없는 한 필기, 실기, 무예 점수 전부 높게 나올 테니 상관없지만 다른 아이들은 그렇지 않다.

당장 상혁이만 해도 필기가 간당간당한 수준이었으니 말이다.

그러니 남의 불행을 즐기는 거다.

적어도 자기 밑에 하나라도 있으면 꼴등은 아니니까.

같이 퇴관당하더라도 자기보다 덜떨어진 사람이 있으면 위안 삼을 수 있으니까.

하지만 다 들으라는 듯 크게 말한 한영수한테는 한마디 해
줘야겠다.

"박민주가 이길걸? 너보다 좋은 성적 받을 테니까 입 다물
고 있어라."

"아이고, 왜? 같이 수련하더니 정들었냐? 아니면 뭐 네가
뭐 대단한 스승이라도 되나 보지."

"응. 나 대단한 스승이야. 나중에 울면서 가르쳐 달라고 매
달리지나 마라."

"내가 목이 잘리는 한이 있어도 그러진 않지."

한영수의 조소와 함께 박민주가 대련장 위로 올라갔다.

언월도를 든 박민아와 활을 든 박민주.

이거 내가 다 긴장된다.

'이긴다고는 했지만······.'

냉정하게 말해 승률은 반반.

박민주가 실수 없이 해낸다면 무조건 이기겠지만 쉽지는
않을 것이다.

고작 한 달이니까.

그래도 누구보다 열심히 했다는 건 내가 제일 잘 알고 있다.

"잘해라."

나의 독백과 함께 시험이 시작되었다.

Chapter 18.

조롱 소리가 들린다.

다들 같잖게 생각할 것이 뻔하다.

고작 한 달 수련한 활로 성무학관 승급 시험을 보는 게 가소로울 수밖에.

하지만 박민주는 절실했다.

단순히 상혁이와 같이 학교에 다니고 싶다는 것만이 이유는 아니었다.

물론 그것도 어느 정도는 있지만.

'내가 할 수 있는 걸 할 거야.'

박민주는 가문의 골칫덩이였다.

실력이 없는 것도 아니고 노력하지 않는 것도 아니었다. 하지만 단점이 너무나도 명확했기에 계륵과도 같은 존재였다.

'올해가 마지막이야.'

그렇게 들어온 성무학관.

무사히 입학한 덕에 1년을 벌었으나 이대로 아무런 성과도 없이 집으로 돌아가면 선만 보다 결혼한 뒤 평범한 인생을 살게 될 것이다.

평범한 인생이 싫은 건 아니다.

나름의 행복도 있겠지.

하지만 이 순간을 평생의 후회로 남기기는 싫었다.

무대 위로 올라가자 반대편에서 박민아가 올라왔다.

미리 알고 있었기에 놀라지는 않았다.

그저 씁쓸할 뿐.

"언니."

"결국에는 시험을 보는구나. 그냥 집으로 돌아가지, 이게 뭐니? 동급생들 앞에서 망신만 당하게."

박민주는 입술을 깨물었다.

"언니는 왜 그렇게 날 싫어해?"

"뭐?"

"왜 이렇게까지 하는데? 굳이 교관으로까지 나올 필요가 있어? 내가 뭘 잘못했다고 그래?"

동생의 말에 박민아는 인상 쓰며 말했다.

"누가 누굴 싫어한다고?"

"언니는……."

"잡담은 나중에 해라."

강무성이 끼어들었고 두 자매는 입을 다물었다.

"일단 거리를 벌려라."

원거리 무기와 근접 무기가 대련할 시에는 적당히 거리를 두는 것이 원칙이었다.

그렇게 서로 약 3장(丈, 9m)정도 거리를 벌린 뒤 자세를 잡았다.

"그럼 준비하고……."

강무성이 시작을 외치기 전 박민주는 서하의 작전을 떠올렸다.

작전대로만 하면 된다.

작전대로만.

그렇게 시험이 시작되었다.

◆ ◈ ◆

정상적인 방법으로는 승률이 없다.

활은 일대일 대결에서 쓰기 좋은 무기가 아니다.

그렇기에 처음부터 적당히 거리를 벌려 준다.

원거리 무기를 사용하는 쪽이 충분히 도망치며 싸울 수 있도록 말이다.

하지만 고작 3장.

무사들끼리의 싸움에서는 도약 한 번에 없어지는 거리다.

하지만 원거리 무기를 든 쪽에서 더 민첩할 경우 끝까지 거리가 좁혀지지 않는 경우도 종종 있다.

사실 그것을 바라고 수련을 시켰지만 상대는 박민아다.

언젠가 따라잡힐 수밖에 없다.

그렇다면 방법은 하나.

'첫 세 발에 모든 것을 건다.'

그것이 나와 박민주가 준비한 작전이었다.

"시작!"

강무성의 외침과 함께 박민아가 맹렬한 기세로 돌진했다.

이 자리에 있는 그 누구도 쉽게 도망칠 수 없는 도약이었지만 박민주는 다르다.

'뒷걸음질만 한 달간 죽어라 했으니까.'

오르막길에서, 내리막길에서, 또는 평지에서.

박민주는 뒷걸음질 치기만 죽어라 연습했고 그 속도는 엄청났다.

박민주는 엄청난 탄력으로 뒷걸음질 치기 시작했고 그 속도는 박민아의 돌진보다도 빨랐다.

순간 속도의 차이다.

절대적인 속도는 박민아가 빠를지라도 박민주의 순간 속

도는 결코 우습게 볼 수 있는 것이 아니었다.

적어도 극초반만큼은 두 사람 사이의 거리가 늘어나고 있었다.

'지금이다!'

박민주는 첫 화살을 날렸다.

하지만 거리가 꽤 있었기에 박민아는 손쉽게 피했다.

"고작 이거야? 박민주!"

아무리 강궁으로 쏜 빠른 화살일지라도 내공이 실리지 않은 화살은 그다지 위협적이지 않았다.

박민아는 더욱 빠르게 가속해 거리를 좁히기 시작했고 박민주는 두 번째 화살을 쏘았다.

하지만 역시 손쉽게 피하는 박민아.

'이제 마지막이다.'

첫 세 발에 모든 것을 건 이유는 뒷걸음질 칠 수 있는 공간의 한계 때문이었다.

정중앙에서 시작한 대련은 어느새 대련장 끝자락에 다다랐고 박민주는 발을 멈출 수밖에 없었다.

그러자 한영수가 웃기 시작했다.

"크크크크, 그럼 그렇지. 대단한 스승은 개뿔."

한영수뿐만이 아니라 다른 몇몇 아이들이 조소를 보였다.

그렇게 두 자매의 거리가 가까워지고 박민주는 마지막 한 발을 준비했다.

'여기서 마지막 발.'

이윽고 마지막 화살이 시위를 떠났다.

코앞에서 날아온 화살.

하지만 박민아는 예상했다는 듯 언월도를 들어 화살의 경로를 막았다.

'좋았어.'

그리고 그건 나와 박민주가 짠 작전대로였다.

"……!"

언월도와 만나는 그 순간 화살이 궤적을 바꿔 솟구쳤다.

박민아의 놀란 얼굴이 적나라하게 보였다.

'이겼다.'

내가 박민주에게 주문한 작전은 간단했다.

첫 발과 두 번째 발은 내공도 담지 말고 대충 날리라는 것이다.

그래야만 방심을 할 테니까.

중요한 것은 세 번째 화살이었다.

천리사궁(千里蛇弓)의 화살은 뱀처럼 자유자재로 움직인다.

물론 한 달 만에 화살로 곡예를 보여 줄 수는 없으나 살짝 휘게 하는 것 정도는 가능했다.

그것이 세 번째 화살의 비밀.

박민아가 근거리에서 날아오는 화살을 쳐 내려고 할 때 천리사궁의 최강점인 변화를 주는 것이 이 작전의 핵심이었다.

화살이 박민아의 이마를 때렸고 그와 동시에 언월도가 박민주의 목 앞에서 멈췄다.

"너……."

박민아는 이를 갈았다.

만점의 조건은 단 하나.

상대보다 먼저 치명상을 입히는 것.

모두가 숨을 죽이고 있는 순간 강무성이 걸어와 박민아의 이마를 확인했다.

"맞았구나."

이마에 검은 자국이 선명하게 남아 있다.

이 대련의 승리자는 박민주였다.

"박민주의 승리다. 축하한다."

멍하니 서 있던 박민주는 그제야 상황을 파악하고는 나를 돌아봤다.

"됐어. 됐어!"

박민주는 기쁨에 어쩔 줄 몰라 하다가 고개를 숙였다.

지금까지의 노력이 생각나겠지.

한 달 동안 지옥 같은 훈련을 견뎌 낸 만큼 감동적일 것이다.

어쨌든 교관을 상대로 승리하면 만점이니 통과 확정이다.

모든 것이 그렇게 잘 끝나 갈 때 옆에서 산통을 깨는 소리가 들려왔다.

"뭐야? 저거 봐준 거 아니야?"

"그러니까. 우리는 교관들이 시험 봤는데 왜 박민주만 자기 언니가 봐?"

"그렇게 승급시키고 싶었나. 참 나."

한영수 패거리가 수군거리기 시작했다.

박민아가 교관으로 나온다고 할 때부터 의문이 제기되리라는 것쯤을 알고 있었다.

한마디로 편을 들어줘 볼까?

그렇게 생각하고 고개를 돌릴 때였다.

수련용 언월도가 날아와 한영수 패거리 한가운데에 박혔다.

쾅! 소리에 한영수 패거리가 하얗게 질렸고 박민아가 귀신 같은 얼굴로 말했다.

"지금 뭐라고 씨불였냐? 한마디라도 입을 연 새끼 튀어나와. 죽여 버릴 테니까. 어?"

벌벌 떠는 소리가 여기까지 들린다.

내공을 얼마나 넣었으면 목제 언월도가 돌로 된 관중석에 꽂히냐?

한영수 패거리가 쭈구리처럼 고개를 숙이자 박민아는 혀를 차고 대련장에서 내려갔다.

할 말이 있으니 따라가야겠다.

"잠깐만. 나 어디 좀 갔다 올게."

그러자 상혁이가 걱정스럽게 말했다.

"너 박민아 선배한테 가는 거지? 까불다가 죽을 수도 있으니까 조심해."

"내가 그런 까불이로 보이냐?"

"아니라고는 할 수 없지."

정확하게 봤네.

하지만 까불러 가는 건 아니다.

박민주가 계속해서 활을 쓰기 위해서는 그녀의 가문에서도 어느 정도 인정을 해 줘야 하니 말이다.

나는 박민아를 따라잡은 뒤 말했다.

"저기요."

"뭐야? 할 말 있어?"

박민아는 퉁명스럽게 말하고는 이마에 묻은 숯을 지웠다.

"재능을 보셨으니 민주가 신평월도법 대신 활을 쓰는 걸 허락해 주셨으면 해서 왔습니다."

"마음대로 하면 되잖아. 내 허락이 왜 필요해?"

"나중에 가문에서 문제를 제기했을 때 도와줄 사람이 필요해서요. 박민주는 소심해서 옆에서 뭐라고 하면 또 고민할 테니까요."

"내가 왜?"

박민아는 작게 한숨을 쉰 뒤 말했다.

"난 민주가 2학년이 안 되기를 바랐어."

그건 나도 안다.

근데 그러고 보니 이유는 들은 적이 없다.

"왜죠?"

"2학년이 되면 죽을 수도 있으니까."

죽을 수도 있다?

한번 입을 열기 시작한 박민아는 내 바로 앞까지 걸어와 말했다.

"2학년부터는 실전 임무에 나가. 재수 없으면 마수도 만나지. 선인들이 지켜 주긴 하지만 언제나 예외는 있어. 북대우림 같은 일이 우리한테 벌어지지 않을 거라고 어떻게 확신해? 그럼 죽는 거야. 대가문의 자제든 뭐든 다들 자기 목숨이 더 소중하다고 도망칠걸? 그게 너희는 모르는 진짜 임무라는 거야. 근데 네가 민주를 2학년으로 올렸지. 잘했어. 이제 난 매일 민주가 죽지 않기만을 기도해야겠네. 고작 저 실력으로 임무에 나가게 될 테니까. 그래. 한 번은 날 이기긴 했지. 실전이었으면 내가 죽었을 거야. 그런데 다음 싸움은? 그다음 싸움은? 계속할 수 있겠어? 그때마다 이런 일회용 작전을 남발하려고?"

박민아의 말에 나는 아무 말도 할 수 없었다.

그녀의 말에 틀린 것은 없었다.

2학년부터는 모의가 아닌 실제 임무에 나가고 아무리 선인들이 지켜 준다고 해도 목숨을 잃을 수 있다.

"절대적인 실력이 없으면 죽는 거야. 그러니까 네가 책임지고 고수로 만들어. 만약 임무 중에 민주가 죽으면 너도 내 손에 죽을 테니까. 알았어?"

"아, 네. 알겠습니다."

그나저나 이거 그러니까 지금 동생을 싫어하는 게 아닌 거 같은데.

"저기 그러니까 선배는 민주를 싫어하시는 거……."

"내가? 미쳤어? 나한테는 민주가 전부야!"

"닮았다고 했을 때 화냈었잖아요."

"당연하지. 어떻게 그 예쁜 민주가 나 같은 거랑 닮아? 말도 안 되지."

"……."

뭔가 예상한 것과 조금 다른 사람이다.

"아, 그리고 혹시 너 민주 좋아해? 왜 이렇게 민주한테 관심이 많아?"

"아뇨, 단순히 민주의 재능을 보고 아까워서 권한 거뿐입니다. 제가 민주를 좋아할 리가 없지 않습니까?"

"뭐라고? 어떻게 민주를 안 좋아해? 너 남자 맞아?"

"아니, 그건……."

"어쨌든 그 거리감 잘 유지해. 너 같은 쭉정이한테 시집보낼 생각은 없으니까. 알았어? 이상한 짓 하면 죽인다."

"아니, 제 옆에 앉아 있던 애 못 봤어요? 제가 그런 애를 두고 박민주를 좋아할 리가 없지 않습니까?"

"민주가 뭐? 네 옆에 있던 하얀 것보다 훨씬 예쁜데."

이 아줌마 대화가 안 통한다.

눈도 약간 맛이 간 것만 같다.

나는 헛기침을 하고 본론으로 돌아갔다.

"이야기가 샜는데 제가 부탁하고 싶었던 건……."

"알아. 만약 민주가 활로 자기 몸을 지킬 수 있는 수준까지 간다면 누가 뭐라고 해도 내가 지켜 줄 거야. 네가 걱정하지 않아도 그러려고 했어. 원하는 대답은 이거면 됐나?"

"뭐, 그렇습니다."

"조심해. 수작 부리지 말고 수련만 해라. 지켜보고 있으니까."

박민아는 검지와 중지로 나를 가리키고는 사라졌다.

그러니까 뭐냐?

"중증이네."

여동생에 완전히 미친 여자였다.

그러니까 뭐야?

여동생이 전장에서 죽는 꼴을 볼 수 없었다는 거잖아.

"저 집안도 정상인이 없네."

앞으로 얽히지 말도록 하자.

◆ ◈ ◆

최종 점수가 나오고 6명이 퇴출당했다.

그래도 평균 10명 언저리로 퇴출당하는 것에 비해 올해는
덜 퇴출당한 셈이다.

나와 아린이는 전부 95점 이상을 받아 수석과 차석의 자리
를 지켰고 바로 뒤를 주지율이 따랐다.

상혁이 녀석은 필기에서 71점을 받아 2점만 더 낮았어도
퇴출당할 뻔했다.

그것도 아린이가 필기를 봐준 덕분이었다.

"야, 그래도 아린이가 필기 봐줘서 너 살았네."

"그거 때문에 더 점수가 낮아졌을 수도 있어."

"뭐? 왜? 아린이가 너무 예뻐서 집중을 못 했냐?"

"그게 아니라 독설이 미쳤어. 정말 미친 듯이 갈궈. 한 번
은 완전 악의 없는 얼굴로 머리에 국수 든 거 아니냐고 물어
보더라고."

에이, 아린이가 그럴 리가.

상혁이는 고개를 절레절레 흔들었다.

"그나저나 너 밥이나 먹을 생각 없냐?"

"밥? 밥이야 맨날 먹는 거지."

"아니, 시험도 끝났고 이제 내일이면 이번 연도 마지막인
데 밖에서 먹자고."

"외식? 나쁘지 않지."

"그럼 항상 가던 거기 자리 좀 잡아 놔라. 난 아린이 데리고

갈게."

"그래. 그럼 먼저 가 볼게."

그렇게 상혁이가 떠나고 나는 박민주와 아린이를 불러 식당으로 갔다.

"여, 여기. 민주도 왔네."

박민주는 활짝 웃으며 상혁이 앞에 앉았다.

그리고 그때 미리 도착해 있던 정도윤이 나에게 귓속말로 말했다.

"이러면 되는 겁니까?"

"아? 정말요?"

내 말에 정도윤이 살짝 당황했지만 나는 연기를 이어 나갔다.

이 양반 잠입 요원이면서 연기력이 왜 이래? 척하면 착하고 알아들어야지.

"아린이랑 같이요? 알았어요. 금방 가죠."

상혁이가 무슨 일이냐는 듯 쳐다봤고 나는 급한 척 말했다.

"아린이 아버지가 좀 보자네. 같이. 이거 참. 이렇게 된 거 오늘은 둘이 먹어야겠다. 미안."

"뭐야? 갑자기. 나 많이 시켰는데."

"그럼 많이 먹으면 되겠다."

나는 재빨리 아린이를 데리고 밖으로 나가며 뒤를 돌아봤다.

박민주는 의미심장한 얼굴로 고개를 끄덕였고 나 또한 같이 끄덕여 주었다.

난 약속을 지켰다.

◆ ◈ ◆

상혁이를 재물로 바치고 빠져나온 나는 아린이를 데리고 다른 식당으로 향했다.

"예약해 놨습니다. 청신 이서하라고 합니다."

"네, 안내해 드리겠습니다."

도시가 내려다보이는 3층 창가 자리였다.

"아빠랑 같이 먹는 게 아니네?"

"오랜만에 둘이 밥 먹는 것도 괜찮을 거 같아서."

"그래? 나도 할 말 있었는데."

"무슨 할 말?"

나는 종업원이 주는 차를 마시며 고개를 끄덕였다.

"나 이번 방학에는 너희 집으로 가려고."

순간 다 뿜을 뻔했다.

내가 기침하고 있자 아린이가 빙긋 웃으며 식기가 올려 있던 천을 건넸다.

"왜? 같이 가면 안 돼?"

"아니, 뜬금없어서. 근데 이번에 나랑 같이 가면 재미없을 거야. 방학 동안 수련만 할 생각이거든."

이번 시험에서 강무성은 나에게 무력감을 다시 상기시켜
주었다.

다시 수련이다.

오직 내가 강해지는 것만 생각해야만 했다.

"좋네. 나도 같이하자. 나도 수련이 필요하다고 생각했거
든. 이번에 네가 박민주랑만 수련하는 게 좀 아쉽기도 했고."

"할아버지한테 도움받으려고 했는데. 할아버지 수련 방식
이 좀 거칠어서 말이야. 그래도 괜찮아?"

"괜찮아. 수련이야 아무리 힘들어도 괜찮아."

"그래?"

나는 다시 목을 축이기 시작했다.

방금 사레 걸려서 목이 좀 아프다.

"넉 달이나 너를 안 보는 게 더 힘들지."

푸읍!

다행히도 뿜기 전에 내 바지 쪽으로 입을 돌릴 수 있었다.

"그럼 같이 가는 거다?"

"……응. 그러자."

안 그래도 아린이 또한 수련이 필요하다.

아무리 부동심법으로 폭주를 억누를 수 있다고 하더라도
음기 폭주는 여러 의미로 많이 안 쓰는 편이 좋으니 말이다.

그리고 나도 목 좀 축이자.

어째 마신 거보다 뱉은 게 더 많은 것만 같다.

◆ ◈ ◆

성무학관에서의 종업식이 끝나고 아이들은 각자 본가로
돌아갔다.

"상혁이랑 어떻게 됐어?"

"방학에 만날 약속도 잡았지롱. 같이 수련하자고 했어. 그
러니까 바로 넘어오던데? 그리고 은악도 보고 싶다고 하니까
오라고 하고."

"그래? 좋네. 그럼 상혁이랑 만나면 이걸로 수련해. 여기
적혀 있는 거 한 만 번쯤 반복하면 2학년도 문제없이 넘길 수
있을 거야."

난 박민주에게 열심히 적은 비급을 건넸다.

겨울 방학은 11월 중순부터 3월 초까지였다.

무려 넉 달에 가까운 시간이었고 이 시기에 수련하지 않으
면 성무학관에서 살아남을 수 없다.

"만 번이나 해야 해? 내년에는 승급 시험도 없는데."

"대신 교관 평가에서 낙제를 받으면 바로 퇴출이야. 지금
이 상태라면 너는 바로 퇴출이라는 소리지."

"아하!"

박민주는 알아들었다는 듯 손뼉을 치고는 주저앉았다.

"안 돼! 그럴 수는 없어."

"시킨 대로 수련 꼭 해라."

난 좌절하는 박민주를 뒤로하고 상혁이에게 향했다.

"책임지고 수련시켜 놔. 알았지?"

"근데 그렇게까지 해야 하는 거야? 박민주한테."

"응. 필요한 인재니까."

"하긴, 재능은 있어 보이더라."

상혁이가 책임지고 단련시키면 꽤 괜찮은 성과를 올릴 수 있을 것이다.

"그나저나 넌 어쩔 거야?"

"난 먼저 화강으로 가 보려고. 누나가 어떻게 사는지는 봐야지."

화강에는 상혁이를 챙겨 주던 주은희가 있었다.

"아린이랑 같이 가려고 했는데. 아린이는?"

"아, 아린이는……."

"난 서하랑 청신으로 갈 거야."

마침 아린이가 짐을 챙겨 나왔다.

상혁이는 멍하니 나와 아린이를 번갈아 보다가 고개를 끄덕였다.

"청첩장은 꼭 보내라."

"헛소리하지 말고 가라. 마차 떠난다."

상혁이와 박민주를 보내고 나와 아린이 역시 청신에서 보내 준 마차에 올라탔다.

"지옥으로 가는구나."

아무리 생각해도 집이 아니라 호랑이 아가리로 들어가는 기분이었다.

'얼마나 심하게 시키실지 상상이 안 가네.'

할아버지의 수련 방식은 언제 해도 적응되지 않는다.

수도에서 청신은 그렇게 멀지 않다.

본디 수도 근처의 작은 마을이었던 청신은 다른 도시들과 비교해도 작지 않은 규모를 가진 지역으로 성장했다.

그 중심에는 할아버지, 이강진이 있었다.

근위대장 정도면 주요 도시를 받을 수 있었으나 할아버지는 수도에서 가장 가까운 청신을 고집했다.

무슨 일이 일어나면 바로 왕을 지키러 가야 하기 때문이라며 말이다.

어쨌든 청신학관이 많은 무사를 배출하며 명문(名門)이 되자 입학하는 생도들이 늘어났고 자연스레 이들을 대상으로 한 상권이 늘어났다.

그렇게 수십 년.

폭발적으로 인구가 늘어난 청신은 시(市)의 칭호를 받은 지 오래였다.

"젊은 사람들이 많네."

"청신학관에는 생도들이 많으니까."

딱 30명만 받는 성무학관과 달리 청신학관은 더 많은 수의 생도들을 받았다.

유급을 하더라도 몇 번의 기회는 더 있었고 이를 위한 반도 있었으니 생도들의 수가 점점 늘어날 수밖에.

그렇게 번화가를 지나 청신산가 대문에 도착하자 마중 나온 아버지가 보였다.

"나와 계셨어요? 오래 기다리셨죠?"

"왔구나. 그래, 승급 시험은 통과했다고 들었다. 수고했다."

일상적인 대화를 나누는 사이 마차에서 아린이가 내리며 인사했다.

"안녕하세요. 아버님."

아버지는 귀신이라도 본 것처럼 아린이를 바라보다 나에게로 시선을 돌렸다.

"제가 말 안 했나요? 아린이도 온다고."

"안 했다. 이 자식아."

하긴, 어제 결정되었으니까.

아버지는 아린이가 들리지 않게 내 귀에 대고 말을 이어 갔다.

"어떻게 된 거냐? 벌써 날 잡은 거야? 나한테는 말 한마디도 없이?"

"그럴 리가 있겠습니까? 저 독신주의예요."

"그건 좀 반대인데. 아린이 정도면 독신주의가 아니라 여자라도 일단 고백하고 볼 일 아니냐."

"여자가 여자한테 왜 고백합니까?"

"말이 그렇다는 거지. 난 너만 좋다면 이 결혼 찬성이다. 내 손자는 얼굴로 먹고살 수 있겠구나."

"나이가 몇인데 벌써 손자 타령이십니까? 아린이는 그냥 저랑 같이 수련하러 온 겁니다."

"청신으로?"

"네. 할아버지한테 수련시켜 달라고 할 생각입니다."

"신종 자살법이니?"

"아들한테 그게 무슨 소리입니까?"

"호오, 네가 멍청한 건 알고 있었지만 혹시 아린이도 어디가 좀 모자라니?"

이 아저씨가 정말.

"젊어서 고생은 사서 하는 겁니다."

그렇게 얘기를 할 때였다.

"크하하하하! 우리 손자 왔구나!"

오전 수련을 마친 할아버지가 입구까지 내려와 반겨 주고는 아린이를 바라봤다.

"오, 유 가주의 딸도 왔구나. 그래, 그래. 안으로 들어오너라."

할아버지는 호탕하게 웃으며 앞장섰고 나와 아버지는 비장한 얼굴로 고개를 끄덕였다.

"약재 많이 필요할 겁니다. 아린이 것까지 2배로."

"걱정하지 마라. 돈은 많으니까."

그렇게 나는 청신산가 안으로 들어갔다.

◆ ◈ ◆

간단한 점심을 먹은 뒤 할아버지가 먼저 나와 아린이에게 방학 계획을 물었다.

"방학은 쉬기 위한 것이 아니라 부족함을 보충하기 위한 기간이라고 생각하거라. 내년부터는 둘 다 2학년이 되어 마수 토벌이나 도적단 토벌 같은 임무를 나가게 될 것이니 말이다. 그래서 말인데. 너희들은 이 넉 달간 어떻게 수련할 생각이냐?"

먼저 말씀을 꺼내 주시니 감사할 따름이다.

나는 바로 생각했던 계획을 말했다.

"네, 안 그래도 할아버지에게 한 가지 청이 있습니다."

"나에게?"

"네, 이 방학 동안 최대한 강해지고 싶습니다."

할아버지는 기쁜 듯 미소를 지었다.

분명 인자한 미소인데 왜 무서울까?

"최대한이라고 했느냐? 그게 무슨 뜻인지는 알고 있겠지?"

무섭든 말든 묻고 따지지도 않고 가능한 최대로 강해져야만 한다.

내년부터는 다시 할 일이 산더미처럼 쌓여 있었다.

특히나 2차 북대우림 원정.

생도 신분으로 그 원정에 참가하기 위해서는 무슨 일이 있어도 실적을 보여야만 했다.

"아린이도 같은 생각이냐?"

"네, 할아버님."

할아버지는 의미심장하게 나와 아린이를 쳐다보다가 크게 웃었다.

"하하하! 그래, 그 정도는 돼야 내 손자, 손자며느리지."

언제부터 아린이가 손자며느리가 된 거지?

아린이는 그저 고개만 끄덕일 뿐이다.

고분고분하게 받아들이면 어떡하나? 뭔가 얼렁뚱땅 결혼하게 생겼잖아.

"좋아! 너희 뜻대로 해 주마. 그럼 일단 너희들의 수준을 정확하게 알 필요가 있겠구나. 당장 연무장으로 가자."

연무장에 도착한 할아버지는 수련용 무기 진열대를 가리키며 말했다.

"원하는 무기를 잡고 덤벼 보거라. 전력으로."

나는 검을 하나 가져다 들었고 아린이는 무기가 필요 없기에 바로 자세를 잡았다.

"그럼 덤벼라."

"할아버지는 무기를 안 드셔도 됩니까?"

"그건 말이다."

할아버지는 손가락을 들어 보이더니 바닥에 원을 그리기 시작했다.

고수는 손가락으로도 돌바닥에 그림을 그릴 수 있구나.

우와 재밌겠다. 나도 나중에 꼭 땅에 그림을 그려야지!

그렇게 쓸데없는 생각을 하고 있을 때 할아버지가 말했다.

"나를 이 원 안에서 한 발짝이라도 나가게 만들면 생각해 보마."

아마 우리에게는 불가능할 것이다.

하지만 처음으로 철혈 이강진의 강함을 체험할 기회였다.

회귀 전에는 할아버지가 진심으로 싸울 일도 없었으며 설령 싸우더라도 내가 볼 수 있는 자리는 아니었다.

철혈이 진심으로 싸우는 곳에 하급 무사가 끼어들었다가는 목숨이 100개라도 남아나질 않을 테니 말이다.

"그럼 시작합니다."

"언제든지."

나는 이를 악물고 용섬을 사용했다.

심기체(心氣體)를 전부 일격에 담는 기술.

전력을 다해야만 한다면 이 기술만 한 것이 없다.

그와 동시에 아린이가 할아버지의 뒤를 노리고 접근했다.

양쪽에서 동시에 날아오는 공격.

누구도 쉽게 막을 수 없는 공격이다.

'피하거나 막거나. 둘 중 하나!'

나는 할아버지가 어떻게 대처할지를 살폈다.

움직이지 않는다.

마지막 순간에 움직이시려는 걸까?

그러나 검이 옆구리를 치고 들어가는 그 순간에도 할아버지는 요지부동이었다.

'어?'

그대로 공격이 이어진다.

퍽!

목검이 그대로 할아버지의 옆구리를 때렸다.

그와 동시에 아린이의 공격이 할아버지의 등을 가격했다.

막을 줄 알고 정말 있는 힘을 다해 공격했는데 그냥 무방비로 맞아 버리다니.

이거 진짜 큰일 나는 거…….

"이게 전력이냐?"

……그럴 리가 없지.

할아버지는 나와 아린이를 슬쩍 본 뒤 말했다.

전혀 타격이 없는 것만 같다.

"이 정도 실력으로 나찰은 도대체 어떻게 죽인 거냐? 힘을 숨기고 있다면 지금 당장 꺼내라. 안 그러면 수련은 없을 것이야."

나는 아린이를 슬쩍 바라봤다.

나의 전력이라면 극양신공 후에 이어지는 낙월검법.

아린이는 음기 폭주로 인한 나찰화였다.

나와 아린이의 표정을 본 할아버지는 확신을 담아 말했다.

"역시 뭔가를 숨기고 있는 게 확실하구나."

역시 고수답게 눈치도 빠른 할아버지였다.

'나랑 아린이가 동시에 덤비면 괜찮으시려나?'

극양신공을 사용한 나의 실력은 상급 무사 중에서도 강자,
혹은 선인급에 속한다고 볼 수 있었다.

하지만 아린이는 다르다.

음기 폭주 상태의 아린이는 나찰들조차 이길 수 없는 실력.

내가 고민하자 할아버지가 말했다.

"설마 너희들의 전력을 내가 못 버틸까 그러는 것이냐?"

"그게……."

"하하하! 좋구나. 그럼 이렇게 하자."

그 순간 할아버지의 몸에 살기가 퍼져 나왔다.

식은땀이 등을 적신다.

거짓 살기임을 알고 있었으나 몸이 먼저 반응했다.

"열을 세지. 그때까지 제대로 된 실력을 보이지 않으면 넉
달간 침대에 누워 있다 복귀할 줄 알아라."

저렇게까지 말씀하신다면 어쩔 수 없다.

"그럼 전력으로 가겠습니다."

양기 폭주.

내 몸이 황금빛으로 변하자 할아버지가 얼굴을 굳혔다.

"그런 거구나."

뒤에서는 아린이가 음기 폭주를 사용했다.

할아버지는 작은 한숨과 함께 말했다.

"그래, 이 정도면 둘이 나찰을 잡을 수도 있겠어. 부작용은 있겠지만 말이야."

"그럼 갑니다."

나는 크게 심호흡한 뒤 할아버지를 향해 돌진했다.

양기를 머금은 목검은 황금빛으로 불타올랐고 할아버지는 양손을 뻗어 공격을 막았다.

"그냥 맞으면 아프겠구나."

"스읍!"

한숨에 몰아친다.

낙월검법은 그 어떤 검술보다 변칙적이다.

처음 상대하는 사람은 절대로 전부 막을 수 없다.

"오오오오!"

나는 숨을 토해 내며 미친 듯이 검을 휘둘렀다.

그러나 전부 막힌다.

절대로 막을 수 없을 거라 생각했던 공격이 할아버지의 오른손 하나에 막히고 있었다.

"그래, 서하는 이 정도구나. 그래. 이만 쉬거라."

그 말을 끝으로 할아버지의 주먹이 내 복부를 강타했다.

"윽!"

엄청난 충격에 점심이 전부 올라올 뻔했다.

그래도 나름 힘 조절하신 거다.

할아버지가 있는 힘껏 때렸으면 내 몸이 산산조각이 났을 테니 말이다.

나는 겨우 정신을 차리고 아린이와 할아버지의 전투를 바라봤다.

확실히 나찰화가 된 아린이의 전투는 섬뜩할 정도였다.

"흐음, 아슬아슬하구나. 아니, 이 정도라도 제정신을 유지하는 게 대단하다고 해야 하나?"

할아버지는 단번에 아린이의 상태를 알아차렸다.

부동심법으로 겨우 기준을 잡고는 있지만 아슬아슬한 수준이었다.

"그래, 네 실력도 이제 다 알겠구나."

할아버지는 다 알았다는 듯 아린이를 잡아 내 쪽으로 휙 내던졌다.

아린이는 공중에서 몸을 돌려 착지했으나 이걸로 실력 평가는 끝이었다.

"이제 그만해도 돼. 아린아."

"……응."

아린이는 음기를 배출하고는 내 옆에 섰다.

"그래, 나찰을 죽인 게 우연은 아닌 거 같구나. 특히 아린이는 어쭙잖은 선인 정도는 이길 수 있겠어."

선인 중에 어쭙잖은 사람들도 있었나?

"감사합니다."

"하지만 앞으로는 사용하지 말거라."

할아버지는 굳은 얼굴로 말했다.

"음양의 조화를 무너트리는 폭주는 마약과도 같다. 사용할 때는 좋지만 결국 너희의 정신과 몸이 무너질 것이야. 꼭 필요할 때만 사용하거라. 어쨌든 실력은 알았으니 내일부터 본격적인 수련을 시작하자."

"네, 감사합니다. 할아버지."

나와 아린이는 고개를 숙였다.

'회귀 전의 상태로 싸웠어도 내가 졌을 것이다.'

180년간 온갖 잡다한 무공을 연마한 내가 싸웠다고 하더라도 할아버지는 이기지 못했을 것이다.

'죽어라 해야겠네.'

내 목표는 20년 안에 할아버지와 동급의 고수가 되는 것이었다.

할아버지의 최전성기가 40대였으니 못할 일도 아니라고 생각했다.

그런데 새삼 그 목표가 얼마나 터무니없는 것인지를 깨닫게 되었다.

'죽었다고 생각하고 하자. 설마 할아버지가 날 잡아먹기라도 하겠어?'

한 번 죽지 두 번 죽냐?

아, 난 두 번 죽을 수도 있겠구나.

◆ ◆ ◆

실력 평가가 끝나고 이강진은 생각에 잠겼다.

그의 옆에는 오랜 동료이자 부하인 황현이 앉아 있었다.

"현아. 어떻게 보느냐?"

"불안정합니다. 서하 도련님은 폭주를 오래 유지할 수 없는 것처럼 보였고 아린 아가씨는 위험한 외줄타기를 하는 것처럼 보였습니다."

"그래. 나도 같은 생각이다. 하지만 말이야……."

이강진은 팔을 들어 보이며 말했다.

"여기 멍든 거 보이냐?"

"……!"

황현은 놀란 얼굴로 달려왔다.

하지만 이강진의 팔에 멍은커녕 맞은 자국도 없었다.

"안 보이는데요?"

"당연히 안 보이지. 안 들었으니까. 하하하! 설마 진짜 내 몸에 멍이 들었을 거로 생각했느냐?"

이강진은 도끼눈으로 쳐다보는 황현을 향해 웃어 보이더니 말했다.

"하지만 통증은 있었다."

"멍들었다는 장난을 안 치셨다면 그것만으로도 놀랐을 겁니다."

철혈이 통증을 느낄 정도로 강한 공격.

최소 선인급은 되어야 가능한 일이었다.

"비록 폭주 상태였다고는 하나 생각보다 실력이 일취월장한 것도 사실이야. 예전에 철혈대에 배정된 상급 무사들이 하던 수련 기억나느냐?"

"생존 훈련 말입니까?"

생존 훈련.

철혈대는 과거 이강진이 이끌던 부대의 이름이었다.

매년 철혈대는 신입 대원들을 뽑았고 이들이 버텨야 하는 것이 바로 생존 훈련이었다.

당시 신입 대원들은 이 생존 훈련을 이렇게 불렀다.

이 악물고 생존해야 해서 생존 훈련이라고 말이다.

"우리 손주가 버틸 수 있나 볼까?"

웃는 이강진의 얼굴에 묘한 광기가 보였다.

◆ ◆ ◆

묘시(오전 5시).

아직 해조차 뜨지 않은 깜깜한 새벽.

할아버지의 기상 소리에 깬 나와 아린이는 얼굴만 겨우 씻은 뒤 연무장에 나와 있었다.

이른 새벽이었지만 역시 아린이는 빛이 나고 있었다.

안 그래도 하얀 피부가 달빛에 빛나고 있었고 약간 피곤한 듯 반쯤 감은 눈빛은 오히려 분위기 있어 보였다.

그나저나…….

"너희는 왜 여기 있냐?"

내 옆에는 두 사람이 서 있다.

내 사촌 형제인 이준하와 한영수의 따까리 노릇을 하다 청신학관으로 편입학한 김용호였다.

김용호는 예의 바르게 인사하며 말했다.

"철혈님께서 수련을 희망하는 자가 있다면 신청하라고 말씀하셨습니다. 저는 도련님의 힘이 되고자 추가 수련을 받기로 했습니다."

"아주 충신 나셨어. 나도 도련님이라니까 저 자식이."

"에헤이. 너는 그냥 도련님이고 여기 이분은 차기 가주님이 되실 이서하 도련님이잖아."

"쯧."

이준하는 혀를 차며 말했다.

"이서하 네가 수련하는데 내가 쉬고 있을 수는 없지. 내가

3년 안에 꼭 너한테 복수하러 간다."

"왜? 오줌이라도 지리게 만들려고? 넌 지렸잖아. 복수하려면 힘들겠는데?"

"그랬어?"

아린이가 되묻자 이준하의 얼굴이 터질 것처럼 붉게 물들었다.

"너, 너! 어디서 그런 망발을……!"

"하지만 사실이지."

"사실입니까?"

김용호는 씩 웃으며 이준하를 바라봤다.

아마 평생 놀릴 거다. 저거.

그렇게 잡담하는 사이 할아버지와 황 노인이 앞으로 걸어 나왔다.

"그래, 경원이 말대로 너희도 참가했구나."

아무래도 작은아버지가 왜 나만 수련시켜 주냐며 이준하도 끼워 달라고 한 것만 같다.

"수련이 고될 텐데 따라올 수 있겠느냐?"

"죽을힘을 다하겠습니다."

"그래. 성무대전에서 충격받더니 그래도 정신이 좀 들었나 보구나. 끌끌."

"그건……."

이준하는 내 눈치를 보고는 바로 고개를 돌렸다.

아무래도 나와 상혁이의 대련을 보고 위기감을 느꼈나 보다.

자기가 뒤처지고 있다는 위기감.

그래, 그거 답답하지.

내가 평생 겪어 봐서 안다.

"좋아. 그럼 지금부터 빠르게 너희들에게 부족한 것이 무엇인지를 설명해 주마."

나는 귀를 기울였다.

내 할아버지라서가 아니다.

이 시대 최고의 무사.

철혈이 직접 일대일 지도를 통해 부족한 점을 말해 주는 것이니 말이다.

이윽고 할아버지의 입이 열렸다.

"너희들은 너무 약하다!"

"……."

뭔가 대단한 것을 말한 듯 팔짱을 끼고 의기양양하게 서 있는 할아버지.

그래도 뒤에 뭔가 설명이 따라오지 않을까 기다렸지만 어디서 새소리만 울려 퍼질 뿐이었다.

모두 할아버지의 뜻을 이해하지 못하고 가만히 서 있자 황 노인이 말을 이었다.

아니, 이제는 사부이니 황 사부라고 불러야 할 것이다.

"더 쉽게 말씀드리겠습니다. 무공의 초식이 왜 있다고 생각하십니까?"

"보다 효율적으로 싸우기 위해서 아닙니까?"

초식이란 무공의 형태를 말하는 것이었다.

보다 효율적으로 움직이고, 보다 효율적으로 방어하며, 보다 효율적으로 공격하기 위해 수백 년간 고수들이 발전시켜 온 효율의 극치라고 할 수 있다.

"네, 역시 서하 도련님은 잘 아시는군요. 맞습니다. 무공이란 효율입니다. 자신의 강함을 더 효율적으로 쓰기 위한 기술이죠."

황 사부의 설명을 듣는 순간 할아버지가 어떤 뜻으로 그런 뻔한 말을 했는지가 떠올랐다.

아린이도 고개를 끄덕이는 거로 보아 이해를 한 듯싶었다.

하지만 이준하와 김용하는 아직 이해를 못 했기에 황 사부가 설명을 이어 갔다.

"하지만 1의 힘으로 최대 효율을 내 봤자 1일 뿐입니다. 서하 도련님과 아린 아가씨는 기술은 좋으나 최대치가 너무나도 낮습니다. 그 최대치를 올리는 것이 이번 수련의 핵심이 될 것입니다."

아무리 무공 초식을 연마한들 자신이 가진 힘 이상의 것을 끌어낼 수는 없다는 뜻이었다.

한마디로 기본인 외공과 내공만 죽어라 수련하겠다는 소리.

하지만 한 가지 의문이 든다.

"그런데 그런 기본적인 외공, 내공 수련은 혼자서도 할 수 있지 않습니까?"

"그래, 하지만 이번 수련에서는 외공과 내공을 키우며 동시에 생존법을 알려 줄 것이다. 이름하여 생존 훈련이다."

"생존 훈련이요?"

대충 오지에서도 어떻게 살아남을 수 있나? 뭐 그런 훈련인가?

아니, 최대한 빠르게 강해지고 싶다고 했으니 그건 아닐 것이다.

"그래도 생존 훈련이면 좀 쉽지 않을까?"

"그렇긴 한데."

아린이 말에 동의는 하지만 뭔가 놓치고 있는 것만 같다.

저 의미심장한 미소.

할아버지만 보면 불안한 마음이 드는 건 왜일까?

"자, 그럼 몸부터 풀어 볼까?"

그렇게 수련이 시작되었다.

왕국에는 수십, 수백의 무학관이 존재했다.

무사가 되는 것이 신분을 올릴 수 있는 가장 빠른 길이었고 또 확실한 길이었기 때문이다.

돈 좀 있다는 평민들은 모두 아이들을 무학관으로 보냈고 그건 왕국의 변방이라고 다르지 않았다.

왕국 변방의 한 무학관(武學館).

남주(南州) 오 씨 학관의 수석은 한 평민이었다.

"김충호. 축하한다. 3학년 수석은 너다. 축하한다. 상으로 장인이 만든 창을 하사하마."

김충호.

평민 출신으로 시골 무학관에서 좋은 실력을 보여 남주학관으로 편입한 유망주였다.

내로라하는 근처 유지의 자식들은 모두 부러운 눈으로 김충호를 바라봤다.

"감사합니다."

김충호는 번쩍이는 창을 바라보며 작게 한숨을 내쉬었다.

평민 출신으로 무시받지 않기 위해서는 압도적인 실력을 보여야만 했다.

남들보다 배는 수련했고 절대로 쉬지 않았다.

"그래, 무과에 합격해 우리 오 씨 가문의 자랑이 되길 바란다."

김충호는 교관의 말에 미소를 지었다.

무과에 합격한 뒤에도 한동안은 남주 오 씨를 위해 일해야만 했다.

장학금을 받는 조건이기 때문이다.

"여부가 있겠습니까."

"자! 그럼 종업식을 마친다. 모두 쉬지만 말고 열심히 노력해 무과에 떨어지는 일이 없게 하라."

"네!"

종업식이 끝나고 저녁.

김충호는 한 교관과 함께 수련했다.

하루라도 쉬면 안 되니 말이다.

"내년이면 나도 자유의 몸이네. 아, 보법 신경 써. 조금씩 무너진다."

교관은 평민 출신으로 자기와 같은 처지인 김충호의 개인 지도를 해 주고 있었다.

"그런데 계약이 끝나시면 어디로 가실 생각이십니까?"

"선인 시험을 봐야지. 준비는 끝났어. 이미 통과 확정이나 다름없다고."

"그럼 가주가 되실 수 있는 거 아닙니까?"

"땅을 받아야 가주가 되지. 그래도 선인이 되어서 임무 몇 번 완수하면 시골 하나는 받을 수 있지 않겠어?"

"부럽습니다. 저도 빨리 자유로운 몸이 되고 싶네요. 동생들이 많아서 제가 잘돼야 하거든요."

"그래? 너도 힘들겠다. 하지만 무사가 되고 나서도 15년은 이 가문의 노예……."

살기!

상급 무사가 고개를 휙 돌리는 그 순간이었다.

"아······."

그의 목이 잘리며 굴러떨어졌고 김충호는 멍하니 선배의 죽음을 바라봤다.

"실력이 좋은 친구네. 조금만 약했으면 안 죽을 수 있었을 텐데."

김충호는 창을 꼬나 쥐고 남자를 바라봤다.

기이할 정도로 긴 팔과 다리. 마치 원숭이처럼 생긴 얼굴을 가진 남자는 두껍고 짧은 단도를 들고 있었다.

"김충호. 남주학관 3학년 수석."

"······너는 누구냐?"

"암부(暗部)라고는 들어 봤나?"

암부(暗部).

밝은 면이 존재한다면 반드시 어두운 면도 존재하기 마련이다.

암부는 범죄 조직으로 돈만 준다면 뭐든 해 주는 이들이었다.

"암부······."

암부의 존재에 관한 소문은 무성했다.

하지만 누구도 암부의 구성원이나 접촉 방법을 알고 있지 않았기에 그저 질 나쁜 소문이라고 치부할 뿐이었다.

"암부가 왜……?"

김충호는 질문하다 정신을 다잡았다.

정체까지 당당히 밝혔다는 것은 자신을 살려 보낼 생각이
없다는 뜻이었다.

둘 중 하나는 죽어야 한다.

'괜찮아. 할 수 있어.'

자신보다 훨씬 강한 선배가 당했지만 그건 기습에 당했기
때문이었다. 암살자는 정면 대결에서 약한 편이니 충분히 승
산이 있을 것이다.

그렇게 생각하는 순간 시야가 뒤집혔다.

'아…….'

김충호가 마지막으로 본 것은 뒤로 넘어가는 자신의 몸이
었다.

"하하, 약하네. 이거 유망주 맞나?"

김충호의 머리를 상자 안에 넣은 암살자는 바로 학관에서
빠져나와 근처 주막으로 향했다.

암살자는 주막에서 사골을 끓이고 있던 남자의 옆에 김충
호의 머리를 내려놓으며 말했다.

"자자, 머리 고기 왔습니다."

"오해할 소리 하지 마라. 인간 머리는 안 끓인다."

주막의 남자는 킥킥거리며 웃다가 암살자에게 말했다.

"그래서 이 유망주는 어땠나? 잔나비."

"유망주는 무슨. 그 선생이라는 놈은 겁이 너무 많아. 이런 놈들 태반이 선인까지도 못 가요. 이제 임무 밀린 건 없지?"

"방금 하나 들어왔다. 여기."

잔나비가 받아 든 서찰에는 청신(靑申)의 이서하라는 이름이 적혀 있었다.

"이서하? 백두검귀를 죽인 꼬마 아니야? 근데 은월단에서는 건들지 말라고 하지 않았었나?"

"은월단 의뢰는 아니다."

"뭐든 상관없지. 이런 게 제대로 된 유망주 사냥 아니겠어? 이건 내가 할게."

잔나비는 만족스러운 미소를 짓고는 서찰을 찢었다.

암부(暗部)는 손님을 가려 받지 않는다.

돈만 있다면 누구든 의뢰를 할 수 있고 평민도 가주를 죽일 수 있다. 물론 그 대가는 매우 크겠지만 말이다.

"그럼 바로 출발해 볼까?"

"조심해. 청신산가다. 철혈이 있어."

"그러니까 재밌는 거야."

청신산가.

철혈의 안방에서 그의 손자를 죽인다.

이 얼마나 소름 돋는 일인가.

잔나비는 두근거리는 마음으로 청신산가를 향해 발걸음을 옮겼다.

Chapter 19.

몸풀기 수련은 두 시진 동안 계속되었다.

300근이 넘는 철근을 달고 달리기.

물이 가득 담긴 항아리를 들고 앉았다 일어서기.

철근 짊어지고 절벽 오르기 등.

보통은 수련, 그것도 지옥 수련이라고 부르는 것을 할아버지는 끝까지 몸풀기라고 우겼다.

'이러다 나도 뻗는 거 아니야?'

이미 이준하와 김용호는 나가떨어진 지 오래였다.

최대한 버텨 보려고 했으나 두 사람은 한 시진 전에 완전 탈진해 기절해 버렸다.

할아버지는 그런 두 사람에게 한마디 해 주었다.

"정신력이 부족해. 정신력이."

참으로 뼈가 되고 살이 되는 조언이었다.

지금은 턱걸이 중이었다. 좁게 잡았을 때와 넓게 잡았을 때 사용하는 근육이 다르다나 뭐라나.

옆에서 황 사부가 나와 아린이의 기운을 북돋아 준답시고 말했다.

"앞으로 100개만 더 하면 됩니다. 힘내십시오."

저 100개만 남았다는 소리를 아까부터 계속한다.

벌써 50번은 당긴 거 같은데 아직도 100개라니.

숫자 세는 법을 까먹으신 건가?

"으윽."

슬슬 아린이도 한계가 왔다.

아린이가 올라가지 못하자 황 사부가 철근을 살짝 들어 올려 주었다.

나도 좀 해 주지.

"한 번 더."

아린이는 이를 악물고 다시 올렸다.

"마지막 한 번 더."

마지막이라는 말에 한 번 더 올라가는 아린이.

"진짜 마지막 한 번 더."

진짜 마지막이라고 하니 한 번 더.

"정말 마지막으로 한 번 더."

저거 언제까지 하는 거야?

그렇게 마지막만 15번 정도 한 아린이가 떨어지고 나는 홀로 계속해서 턱걸이를 당겼다. 그렇게 결국 마지막이라는 소리를 30번은 더 듣고 나서야 손에 힘이 빠져 떨어졌다.

"좋아. 몸풀기는 여기까지."

몸풀기는커녕 이제 힘이 하나도 없다.

모두가 연체동물처럼 흐물거리며 할아버지의 앞에 섰다.

"근육이 전부 풀렸겠구나. 그게 바로 몸풀기지. 하하."

아무도 그렇게 생각하지 않습니다.

하지만 반문했다가는 다시 턱걸이로 돌아갈 수도 있었기에 나는 입을 꾹 다물었다.

"그럼 지금부터 정식 수련에 들어간다. 아린이는 현이가 봐줄 것이고 서하 너는 내가 직접 봐줄 것이다."

나와 아린이는 꼭 살아서 보자는 비장한 눈빛으로 서로를 바라보며 고개를 끄덕였다.

"그럼 서하는 나를 따라와라."

할아버지를 따라 들어간 곳은 청신산가 안쪽의 폭포였다.

"여기서 너는 내공 수련을 하면 된다."

확실히 내공 수련을 하기 좋은 장소였다.

청량한 폭포수 소리가 집중을 도와줄 것이며 깨끗한 기운이 많아 효율도 좋다.

"알겠습니다."

나는 바로 적당한 자리에 앉아 정신을 집중했다.

그리고 그때였다.

뻑! 하는 소리와 함께 뒤통수에 엄청난 충격이 가해졌다.

얼굴을 바닥에 처박는 바람에 흙이 씹혀 온다.

나는 천천히 고개를 들어 할아버지를 바라봤다.

"내공 수련하는 거 아니었습니까?"

"맞다."

"그런데 왜 뒤통수를……?"

할아버지는 씩 웃으며 말을 이어 갔다.

"전장에서 살아남는 무사와 죽는 무사의 차이점을 아느냐?"

"운…… 아닙니까?"

"그래, 그것도 조금은 영향이 있겠지. 하지만 죽는 무사와 죽지 않는 무사의 차이점은 바로 육감에 있다."

"육감 말입니까?"

"그래. 위험을 느끼는 육감 말이다. 지금부터 너는 내공 수련과 함께 이 육감을 단련할 것이다."

"그렇다면……."

"내가 직접 너를 기습할 것이니라."

…….

좆 됐다.

신로심법은 고도의 집중력을 요구한다.

아무리 천로를 통해 길을 다 밝히고 강로를 수련해 포장한다고 하더라도 자연에 존재하는 순수한 기를 몸으로 끌어들이는 것은 힘든 작업이었다.

하지만 집중만 한다면 못 할 것도 없…….

빡!

충격과 함께 내 몸이 붕 떠올라 호수로 날아가 빠졌다.

'아, 미치겠네.'

나는 재빨리 폭포 호수 밖으로 올라와 주변을 살폈다.

할아버지는 이미 사라진 지 오래였다.

"머리는 때리지 마세요! 머리 나빠집니다."

"그럼 맞지 않으면 되겠구나."

뭐야? 왜 목소리가 사방에서 들려?

어디 숨어 계신지 감이라도 잡으려고 했건만 이래서는 더 헷갈릴 뿐이다.

나는 주변을 경계하며 다시 자세를 잡았다.

안 그래도 근육까지 흐물흐물해진 상황에서 할아버지 같은 고수의 기습을 막는 건…….

빡!

이번에는 옆구리에 충격이 가해졌다.

두 번 연속으로 올 줄은 몰랐는데 말이다.

나는 멀찌감치 날아가 뻗은 뒤 하늘을 올려 보며 말했다.

"아……."

아무래도 길고 긴 하루가 될 것만 같다.

◆ ◈ ◆

그래도 나름 먹는 건 잘 줬다.

너무 잘 줘서 문제지만 말이다.

"먹는 것도 수련의 일부분. 영양을 고려해 만든 비빔밥이
니 싹싹 긁어 먹도록 해라."

할아버지 말대로 온갖 재료가 들어가 영양에는 문제가 없
겠지만 문제는 양이었다.

장정 5명은 족히 먹을 것만 같은 양에 12가지의 재료가 들
어간 비빔밥은 마치 개밥과도 같았다.

"다 먹어야 합니까?"

"먹는 것도 수련이다!"

할아버지는 팔짱을 끼고 나와 아린이를 내려다보았다.

이게 저 얇은 아린이의 몸에 다 들어가긴 할까?

내가 걱정하는 사이 아린이는 음식을 입에 밀어 넣었다.

이 개밥을 먹는데도 아름답구나.

역시 모든 것의 완성은 얼굴인가?

그때 나와 눈을 마주친 아린이가 피식 웃었다.

항상 보여 주던 미소와는 달리 뭔가 웃긴 걸 본 얼굴이었다.

입가에 밥풀이라도 묻었나?

"왜? 얼굴에 뭐라도 묻었어?"

"아니, 그 아까부터 그려져 있긴 했는데. 그래도 귀엽긴 해."

아린이는 터져 나오는 웃음을 참지 못했고 나는 내 머리를 만져 보았다.

뭔가 묶여 있다.

당황스러워하는 것도 잠시 할아버지가 고개를 흔들며 말했다.

"쯧쯧, 얼굴에 낙서하는 것도 모르다니."

"……!"

나는 당장 식수가 담겨 있는 항아리로 향해 얼굴을 확인했다.

입가에 고양이 수염이 그려져 있었고 눈에는 동그라미가 그려져 있었다.

그럼 지금까지 이 상태로 아린이와 대화를 하고 있었던 것인가?

인생의 흑역사를 하나 더 적립해 버렸다.

할아버지는 망연자실한 내 옆을 지나가며 말했다.

"불만이 있으면 육감을 익히거라. 참고로 아린이는 이미 감을 잡았구나."

"정말입니까?"

나는 아린이를 돌아봤다.

아린이는 나를 걱정하는 와중에도 어디선가 날아오는 돌

멩이를 숟가락으로 쳐 내고 있었다.

아, 재능충들 너무 싫다.

◆ ◈ ◆

점심을 먹은 후 나는 다시 육감 훈련에 들어갔다.

하지만 여지없이 할아버지에게 차여 물에 빠지기 일쑤였다.

이제 슬슬 물에 빠지는 것도 익숙하다.

시원하고 좋지 뭐.

잠깐 쉴 수도 있고.

그런데 이번에는 할아버지가 물 위에서 나를 기다리고 있
었다.

"아직도 감을 못 잡은 게냐?"

"죄송합니다."

"죄송할 거 없다. 보통 1주일은 걸리는 작업이다. 그래도
너라면 하루 만에 감을 잡을 줄 알았는데 말이야."

너무 저를 고평가하시는 겁니다. 할아버지.

사실 지금까지는 전부 사기나 다름없었다.

이미 할 줄 아는 걸 다시 한 번 할 뿐이었으니 말이다.

"그래서 말인데. 육감을 간접적으로나마 체험하게 해 주마."

"그런 방법이 있습니까? 부디 부탁합니다."

그런 건 빨리 말해 주시지 그러셨어요.

난 당신들처럼 재능 있는 사람이 아니란 말입니다.

"일단 내가 왜 너희들의 근육을 먼저 혹사하는 줄 아느냐?"

혹사하는 건 알고 계셨군요!

"외공 수련 아닙니까?"

"사람은 지친 상황에서 모든 감각이 무뎌진다. 원래 기습이라는 것이 잠을 잘 때, 혹은 피곤할 때 오는 법이니 육감도 그런 상황에 대비해 수련해야지."

한마디로 일부러 극한의 상황으로 몰아넣고 수련하는 셈이었다.

거기다 내공 수련까지 하느라 집중력이 반감되니 기습을 허용할 수밖에.

"그럼 왜 내공 수련을 같이하는 겁니까?"

"지금부터 그걸 알려 주마. 물에 들어가 눈을 감거라."

"네?"

할아버지는 그 말과 동시에 나를 다시 물에 던져 넣었다.

일단 시키는 대로 해 보자.

호수 정중앙에 빠진 나는 할아버지가 시킨 대로 눈을 감았다.

그때였다.

무언가 물에 들어오더니 나를 향해 돌진하는 것이 느껴졌다.

나는 본능적으로 팔을 들어 공격을 막았다.

"……!"

할아버지의 공격에 밀려난 내 몸이 호수 밖으로 튕겨 나갔다.

겨우 땅에 착지한 나의 앞으로 할아버지가 날아오며 말했다.

"어떠냐? 육감을 간접적으로 경험한 기분이."

"육감이라뇨? 당연히 물속에서 뭔가가 다가오면 느껴지지 않습니까?"

"그렇다. 물이 가득 차 있기에 수중에서는 무언가 다가오면 느끼기 쉽지. 물살이 생기니 말이야."

"그러니까 그건 물이 차 있기 때문에……."

아!

뭔가 깨달음이 내 머리를 스치고 지나갔다.

"지상도 가득 차 있군요."

"그래, 기(氣)로 가득 차 있지. 육감은 이 기의 떨림을 느끼는 것이다."

공기 중에 있는 기(氣) 또한 물과 같다.

무언가 움직이면 그에 따라 떨릴 것이고 그 모든 떨림을 느낄 수 있다면 그 어떤 공격에도 반응할 수 있다.

"그리고 육감을 느끼기 가장 쉬운 상태는 내공심법을 사용할 때다. 기를 느끼는 육감이 가장 예민해질 때이니까."

내공심법을 운용할 때는 비록 한 치 앞이지만 주변의 기가 느껴진다.

이 범위를 점점 늘리는 것이 육감 수련의 핵심적인 방법이었다.

"감을 잡은 거 같습니다. 감사합니다. 할아버지."

"그래, 다시 내공 수련을 시작해라."

감을 잡았다.

이 세상은 자연이 뿜어내는 기(氣)로 가득했다.

기(氣) 또한 물과 같이 흐르는 것이었기에 육감을 열면 이를 느낄 수 있으리라.

나는 정신을 집중하고 신로심법을 운용했다.

지금까지는 의식하지 않았던 기의 흐름이 느껴지기 시작했다.

'조금만 더.'

나는 내 몸으로 빨아들이는 기의 범위를 늘려 나갔다.

연습할 것도 없이 나의 영역은 점점 커졌다.

'나는 이미 알고 있었다.'

회귀 전, 100년이 넘는 세월 동안 신로심법을 수련했다.

그 누구보다 기를 느끼는 것만큼은 자신이 있었다.

다만 그 영역을 늘리려고 하지 않았을 뿐.

'그리고 어떻게 수련하는지도 몰랐지.'

극도로 예민해진 감각이 공기 중에 떠 있는 원기(元氣)를 물보다도 선명하게 느끼기 시작했다.

이것이 육감.

눈을 감고 있음에도 오히려 뜬 것보다 주변의 움직임이 선명하게 느껴졌다.

나는 최대한 감지 영역을 늘려 갔다.

한 치에서 두 치로.

세 치.

네 치.

뿌꾸빵!

마지막은 뭔지 모르지만 말하고 싶었다.

어쨌든 나는 빠르게 내 범위를 늘려 나갔고 할아버지가 움직이는 것이 느껴지는 순간 눈을 떠 바라봤다.

"여기까지 느꼈구나."

할아버지는 흐뭇하게 웃으며 나를 보다 말했다.

"깨달음을 얻자마자 1보(1.8m)까지 느끼다니. 잘했다. 네가 느끼는 그 공간은 너의 영역이다. 누구도 허락 없이는 침범할 수 없는 너만의 영역."

"허나 집중력이 떨어지면 느껴지지 않습니다."

내공심법을 운용하는 중에는 영역을 꽤 넓힐 수 있었지만 집중력이 흩어지자마자 거짓말처럼 사라졌다.

"계속 연습해야지. 어찌 한 술에 배부를 수 있겠느냐? 잠을 잘 때도 원기를 느낄 수 있을 정도로 수련하거라."

"명심하겠습니다."

개념을 이해하자마자 이렇게 완벽하게 해낼 줄이야.

혹시 내가 이쪽으로 재능이 있는 거 아닐까?

"아, 그리고 혹시나 네가 재능 있다는 생각은 하지 말아라. 아린이는 시작하자마자 감을 잡아 지금은 내공심법을 하지 않아도 육감을 느낄 수 있을 정도라고 하더구나."

"......"

……노력하는 것도 재능이라고 치자.

안 그러면 눈물 날 거 같으니까.

◆ ◈ ◆

그렇게 하루 일정이 끝났다.

나름 1년간 더 할 수 없을 정도로 노력했다고 생각했는데 그건 새 발의 피도 되지 못했다.

'저런 고수가 되려면 이런 수련을 해야 하는구나.'

새삼 뛰는 놈 위에 나는 놈 있다는 말이 생각났다.

그런데 나는 기는 놈이었다.

지금도 네발로 기고 있었으니 말이다.

"다 죽어 가는구나."

아버지는 기어들어 오는 나를 연민 어린 눈으로 내려다보았다.

"하긴, 죽지 않은 게 다행이지."

"좀 도와주시겠습니까? 일어날 수가 없는데 말입니다."

"아이고. 이 멍청한 것아. 아버지한테 수련시켜 달라고 하니 이 꼴 아니냐?"

"그래도 강해져야죠. 안 그러면 죽을 수도 있으니까요."

"그래서 안 말렸다."

"……말리지 그러셨습니까?"

"젊어서 고생은 사서 한다며?"

"생각이 짧았습니다. 이러다 죽겠어요."

"아직 안 죽어. 그리고……."

아버지는 나를 그대로 약탕에 던져 넣었다.

"거기서 회복 좀 하고 옷을 갈아입어라."

"옷 입은 채로 넣는 게 어디 있습니까?"

"그럼 둘이 들어가는데 다 벗고 들어갈래?"

잉? 둘이?

나는 벌떡 일어나 옆을 바라봤다.

깔끔한 목욕옷을 입은 아린이가 손을 흔들었다.

"늦었네?"

나는 바로 주저앉았다.

뭔가 옷을 입고 있는데 벗고 있는 느낌?

아, 땀도 못 닦았는데.

공용 목욕탕은 몸을 닦고 탕에 들어가는 게 예의 아닌가?

이건 다 아버지 때문이다.

나는 벌렁거리는 심장을 진정시키며 말했다.

"미안, 바로 나갈게."

"안 돼. 2인분이라고 하셨어. 또 만들기에는 돈이 너무 많이 든다고 하시더라고. 나는 괜찮은데. 넌 싫어?"

나는 바로 고개를 돌려 목욕탕 밖을 바라봤다.

아버지가 엄지를 들어 보이고는 도망치는 게 보였다.

망할.

유현성한테 넘어갔구나!

나는 헛기침을 하며 말했다.

"아니, 싫을 리가 있나."

"그럼 됐지. 뭐."

그리고 침묵.

물방울 떨어지는 소리만이 목욕탕에 울려 퍼진다.

어색하다.

1년을 함께 지냈는데도 어색하다.

아니, 당연한가.

남자와 여자가 같이 목욕하면서 할 말이 어디 있겠는가.

그래도 약탕 색이 어두워 쇄골까지만 보이는 게 다행……

나는 아린이와 눈을 마주치자마자 고개를 돌렸다.

다행이 아니다.

어깨선과 쇄골만 보이니까 아주 심장이 벌렁거려서 죽겠다.

'마구니로다. 마구니가 가득하다.'

마음을 비우자.

마음을.

나는 최대한 일상 대화를 시작했다.

"수련 힘들었지? 계속 이렇게 수련하면 몸이 안 남아날 텐데. 힘들면 말해. 그만해도 되니까."

"별로 안 힘들었어."

아린이는 진지한 얼굴로 말했다.

"내 힘이 필요하다고 했잖아. 그러니까 힘들지 않아. 힘들수가 없지. 누구 부탁인데."

아린이를 위로하기 위해 했던 말이다.

아니, 엄밀히 말하면 아린이가 필요한 것도 사실이다.

아린이의 힘은 날이 갈수록 강해질 것이고 나에게는 강한 동료들이 필요하니까.

잠시 잊고 있었다.

나는 수련이 힘들다고 불평할 자격이 없다는 것을 말이다.

"그러니까……."

아린이가 은근슬쩍 나에게 다가온다.

심장이 미친 듯이 뛴다.

이거 이대로 가만히 있어도 되는 건가?

아직 마음의 준비가…….

"안 지워지네."

……마음의 준비는 할 필요가 없구나.

아린이는 내 얼굴의 낙서를 손가락으로 비벼 지우다가 미소를 지었다.

"웃음 참기가 힘들어서."

아린이는 활짝 웃으며 입을 가렸다.

저렇게 활짝 웃는 건 또 처음 본다.

할아버지.

큰 그림이셨군요.

그렇게 아린이의 밝은 미소 속에서 달이 기울어 갔다.

◆ ◈ ◆

12월 31일.

올해의 마지막 날에도 나와 아린이는 수련 중이었다. 몸풀기라는 이름의 고문이 끝나고 내공 심법을 수련한 나와 아린이는 아버지와 함께 점심을 먹었다.

역시 먹는 것도 수련이라고 점심은 몸에 좋다는 걸 전부 넣은 고영양 비빔밥이었다.

"벌써 올해의 마지막 날이구나."

아버지는 가만히 눈을 감고 생각에 잠겼다.

"네가 성무학관에 들어간다고 했을 때가 엊그제 같은데 벌써 2학년인 데다가 친구도 데리고 오다니 말이야. 참 세월이 빨라."

나는 밥을 먹으며 고개를 끄덕였다.

"그러게 말입니다. 작년 이맘때만……."

숟가락으로 뒤에서 날아온 돌을 튕겨 낸 나는 말을 이어 갔다.

"……하더라도 어떻게든 합격할 생각으로 수련하고 있었는데 말이죠."

"그래? 너는 그런 걱정 안 했을 거 같은데."

아린이는 나에게 되물으며 날아오는 젓가락을 잡아 식탁 위에 놓았다.

"엄청나게 걱정했지. 기억 안 나? 나도 입학시험 때 상혁이가 업고 들어오지 못했으면 입학 못 했어."

"아, 맞아. 그랬었지."

틱틱!

나와 아린이는 계속해서 사방에서 날아드는 작은 돌멩이를 튕겨 냈다.

그것을 보다 못한 아버지가 작게 한숨을 내쉬며 말했다.

"……그만 던지시는 게 어떻습니까? 아버지. 애들 밥은 편하게 먹게 해 주시지요."

"편하게 먹고 있는 거 아니었나? 이 정도로 불편하면 안되지."

아버지의 말에 할아버지가 모습을 드러냈다.

그렇다.

지금까지 돌멩이를 던져 대던 것은 할아버지였다.

할아버지는 회복 시간을 제외한 모든 시간대에 기습해 왔다.

처음에는 영역에 할아버지가 들어온 것을 감지하더라도 반응할 수 없었지만 계속 반복하다 보니 돌멩이 같은 작은 것들이 날아와도 반응할 수 있게 되었다.

"수련은 원래 온종일 하는 것이다. 그래도 목욕할 때와 잘 때는 안 건드리지 않느냐?"

아직 잘 때도 육감을 열어 놓는 건 불가능했다.

2달도 안 되었는데 그 정도 경지까지 가면 그게 이상한 거지.

"그래도 생각보다 잘 따라와 줬다. 내일부터 신년 축제가 끝날 때까지는 수련을 쉬어도 좋다."

"정말요?"

예상치도 못한 말에 나는 할아버지를 돌아봤다.

"회복하는 것도 수련이다. 3일 동안 충분히 회복하도록. 내년에는 더 힘내야 하니 말이야."

내년에는 더 힘낸다는 말이 무엇입니까?

설마 여기서 수련의 강도를 더 올린다는 것일까?

나는 아직도 저녁만 되면 네발짐승이 되는데 말이다.

그래도 평범하게 방학을 즐길 수 있는 3일이 주어졌다.

지금까지 열심히 했으니 조금은 휴식을 취해도 될 것이다.

할아버지 말대로 회복 또한 수련이니 말이다.

여유가 생긴 나는 그제야 신년 축제로 바쁜 산가의 사람들을 돌아보았다.

공기가 맑은 겨울날.

회귀 후 처음으로 가득 채워 보낸 1년이 지나갔다.

다음 날이 밝았다.

청신산가에 와서 처음으로 늦잠을 잔 것만 같다.

사시(오전 9시)가 되자 청신산가의 육중한 문이 열리고 손님들이 들어오기 시작했다.

주변 유지들과 청신과 친밀한 관계를 맺고 있는 작은 가문의 가주들이었다.

오랜만에 보는 장원 큰아버지가 대표로 마중을 나갔고 어느덧 청신의 얼굴이 된 나도 유지들과 인사를 나누었다.

"반갑습니다. 도련님. 저는 벌교(筏橋) 김 씨. 김병관이라고 합니다. 잘 부탁합니다."

"와 주셔서 감사합니다."

현재로서 다음 가주 1순위는 나의 사촌 형 이건하였고 그다음이 바로 나였다.

아버지 세대는 선인이 없었고 이준하는 확실히 나보다 떨어지니 말이다.

덕분에 아린이랑 놀러 다닐 시간도 없이 사람들의 인사를 받기 바빴다.

그렇게 바쁜 일정이 끝나고 마을 사람들이 산가로 들어오기 시작했다.

신년 축제 때마다 할아버지는 마을 사람들에게 1년 동안 묵힌 술을 나누어 주었다.

사람들은 청신산가 초입의 연무장에 모여 각자 가져온 재료로 안주를 해 먹으며 축제를 벌였고 이는 청신만의 특별한 풍경이었다.

나와 아린이는 마을 사람들 사이에 있었다.

내 얼굴은 알려지지 않았고 아린이 또한 청신에서는 아는 사람이 없으니 편안하게 다닐 수 있었다.

아니, 다닐 수 있을 거로 생각했다.

"어머, 어머. 인형 같아라. 못 보던 얼굴인데. 혹시 다른 도시에서 왔니?"

아린이랑 같이 다니는데 관심을 안 받으면 그게 더 이상한 일이지.

그래도 나한테는 아무도 관심 없으니 예상이 반쯤은 맞은 건가?

그때 옆에서 술을 마시던 아저씨들이 말했다.

"같이 다니는 저 친구는 남자 친구인가?"

"에이, 호위겠지. 네가 저 여자애면 저런 애랑 사귈 거야?"

"절대 안 사귀지."

"……."

나는 낄낄거리며 웃는 아저씨들을 돌아봤다.

내가 당신들의 희망 청신의 이서하인데 말입니다.

확 그냥 정체를 까발릴까?

그렇게 생각할 때 아린이가 내 옆으로 오며 말했다.

"재밌는 도시네?"

"청신의 자랑이지."

"그런데 이상한 게 하나 껴 있어."

"응. 알아."

아린이의 말대로 이상한 것이 하나 껴 있다.

한 남자가 계속해서 나와 아린이의 영역 안으로 들어오고 있었다.

한두 번도 아니고 어디로 이동하든 그 남자가 따라오고 있었다.

'육감이 없었다면 느끼지 못했겠지만.'

인파 사이에 섞인 채 시야의 사각에서 계속해서 따라오는 남자.

수상할 수밖에 없었다.

아린이는 나를 향해 말했다.

"어떻게 할까?"

"사람들이 많은 곳에서는 섣불리 움직이지 말자."

그렇게 대화하는 순간이었다.

"철혈님이다!"

누군가의 외침에 모두의 시선이 할아버지에게로 쏠렸다.

"하하하, 다들 잘 즐기고 있는가?"

사람들은 모두 벌떡 일어나 허리를 숙였고 할아버지는 손바닥을 들어 보이며 말했다.

"놀아. 놀아. 내 손자를 보러 왔을 뿐이니 신경 쓰지 말게나."

사람들은 놀란 듯 할아버지가 말한 손자를 찾았다.

손자라면 이건하, 이준하, 그리고 나뿐이다.

이건하와 이준하는 청신학관 출신으로 가끔 번화가에 놀러 나가는 일도 많았기에 청신에서는 모르는 사람이 없었다.

하지만 나는 다르다.

집을 나간 아버지와 시골에서 살다 돌아온 뒤 바로 성무학관으로 갔으니 말이다.

이윽고 할아버지가 내 앞으로 걸어와 어깨를 두드렸다.

"너무 늦지 않게 올라오너라. 손님들이 너를 많이 보고 싶어 하는구나."

"알겠습니다. 할아버지."

나는 인사를 한 뒤 나에 대해 허튼소리를 하던 남자들을 째려보았다.

모두 얼어붙은 채 아무 말도 못 한다.

그러니까 사람을 얼굴로만 평가하거나 그러면 안 되는 거다.

물론 내가 아린이었어도 나랑은 안 사귀었겠지만 말이다.

그때 할아버지가 나와 아린이만 들릴 정도로 작게 말했다.

"쥐새끼가 있구나. 알고 있느냐?"

"네, 알고 있습니다."

"살기를 내뿜고 있다. 암살자다. 수련의 성과를 볼 좋은 기회구나. 둘이 유인해서 잡아 보거라."

"유인해서 말입니까?"

"그럼 시민들 앞에서 싸울 거냐? 그것도 좋지. 아무도 다치지 않게 할 자신이 있다면 말이야."

그럴 자신은 없다.

무려 청신산가 안으로 침투한 암살자다.

실력에 대한 자신감이 없다면 할 수 없는 일이다.

"그럼 움직여라. 양기 폭주 준비하고."

"그 정도의 적입니까?"

"조심해서 나쁠 건 없느니라. 특히 암살자를 상대할 때는 조심해야 한다. 검에 독이 있을 확률이 높다."

"네."

할아버지 말대로다.

암살자를 상대로는 절대로 방심해서는 안 된다.

싸움을 이기는 게 아니라 상대를 죽이는 것이 목표인 자들이니까.

어쨌든 수련의 성과를 확인할 때가 생각보다 빨리 왔다.

잔나비는 신년 축제에 맞춰 청신산가에 잠입했다.

평소에는 너무 위험 부담이 크기 때문이었다.

철혈이 있는 청신산가에 잠입했다가 걸리면 목숨이 10개라도 모자랄 것이었다.

그렇기에 일반인에게도 문이 열리는 신년 축제까지 기다릴 수밖에 없었다.

'정보에 따르면 이서하는 유아린이라는 여자와 함께 있다.'

암부의 정보원들이 준 정보에 따르면 유아린은 청신에서 가장 아름다운 여자라고 했다.

추상적인 정보에 짜증이 났었으나 유아린을 보고는 불만이 사라졌다.

그 자체로도 빛이 나는 여자.

한눈에 저 여자가 유아린이라는 것을 확신할 수 있었으니 말이다.

'그럼 옆에 있는 남자가 이서하인가?'

평범하게 생긴 꼬마다.

잔나비는 인파 사이에 섞여 두 사람을 계속해서 따라갔다.

저 남자가 이서하라는 확신이 설 때까지는 움직이지 않을 생각으로 말이다.

그리고 그때.

잔나비가 생각하지 못한 이변이 발생했다.

"하하하, 다들 잘 즐기고 있는가?"

이강진의 등장에 잔나비는 최대한 몸을 숨겼다.

초고수는 분위기만으로도 무사와 민간인을 구분할 수 있다.

이강진의 눈에 띄는 순간 그걸로 암살은 끝이었다.

'찌릿찌릿하구먼.'

잔나비는 이강진을 보며 표정을 일그러뜨렸다.

나름으로 수행을 쌓았으나 저 남자는 강함의 끝이 보이지 않았다.

'저것과는 싸우고 싶지 않군.'

이강진은 이서하로 추정되던 소년에게 다가가 인사를 건넸다.

이로써 저 소년이 이서하라는 것이 확정되었다.

'들키지 않았어.'

이강진이 그냥 돌아가자 잔나비는 미소를 지었다.

들키지 않았다.

이 나라 최고의 고수라는 사람에게도 들키지 않을 정도로 살기를 억누른 것이다.

'그럼 청신의 도련님을 죽여 볼까?'

덤으로 저 유아린이라는 여자도 데리고 갈 수 있을 것이다.

'좀 탐나는데?'

남자라면 누구나 탐낼 만한 여자.

거기다 고맙게도 두 사람은 인적이 드문 장소로 향하기 시작했다.

젊은 남녀 둘이 인적이 드문 곳에 가는 목적은 단 하나뿐일 것이다.

잔나비는 적당한 거리를 유지하며 두 사람을 미행했다.

이윽고 아무도 없는 연무장에 도착한 잔나비는 두꺼운 단검을 들었다.

'일단 이서하부터 죽이고 보자.'

기습으로 이서하를 죽인 뒤 유아린을 확보한다.

잔나비는 망설임 없이 이서하를 향해 돌진했다.

환영보(幻影步).

암부의 암살자들이 사용하는 보법으로 잔상이 남을 정도로 빠르게 돌진하는 보법이었다.

눈앞에서 돌진해 와도 피하기 힘든 속도의 기습.

그 순간.

이서하가 고개를 돌리며 잔나비와 눈을 마주했다.

'뭐?'

서하는 살짝 몸을 비틀며 단검을 피한 뒤 말했다.

"무슨 암살자가……."

서하의 주먹이 잔나비의 옆구리에 꽂히며 뼈가 부러지는 소리가 났다.

"……이렇게 느려?"

"커헉!"

누가 누구를 기습한 것인지 알 수 없는 상황이 되어 버렸다.

◆ ◈ ◆

"어, 어떻게?"

암살자는 당황한 듯 나를 노려보았다.

나도 잘 모르겠다.

육감을 배우지 않았다면 죽는 그 순간에도 공격당했다는 것을 느끼지 못했을 것이다.

만약 외공 수련을 그렇게 미친 듯이 하지 않았다면 육감으로 느꼈더라도 반응하지 못했을 것이다.

'죽지 말라고 가르치신 거구나.'

생존 훈련.

말 그대로 생존을 위한 훈련이었다.

육감으로 적의 공격을 파악하고 반격할 수 있는 최소한의 외공, 그리고 내공을 쌓는다.

요 2달이 아니었다면 난 오늘 죽었을 것이다.

'하지만 살아 있지.'

나는 암살자가 움직이기 전에 외쳤다.

"아린아! 검!"

아린이는 바로 무기 대에서 목검을 하나 집어 나에게 던져 주었다.

일단 무기는 확보했다.

하지만 암살자는 신경도 쓰지 않고 말을 이어 갔다.

"설마 내가 기습할 걸 알고 있었던 거냐?"

"당연히 알고 있었지. 왜? 모르는 줄 알았어?"

내 대답에 암살자는 허탈하게 웃었다.

"그럼 철혈은 내가 있다는 걸 알고도 그냥 갔다는 거네?"

"좋은 시험 상대가 될 거라고 하셨지."

아마 그냥 가시지는 않으셨을 거다.

여기 어딘가에서 나의 수련 성과를 지켜보고 계시겠지.

할아버지가 가장 좋아하는 게 싸움 구경이니 말이다.

"그래? 그 오만함으로 철혈은 손자를 잃게 될 거다!"

암살자는 나를 향해 돌진해 왔다.

하지만 극양신공을 사용하고 있는 나에게는 전혀 위협적
인 속도가 아니었다.

거기다 갈비뼈가 완전히 부러진 탓에 기습을 해 올 때보다
도 현격히 느린 상황이었다.

사실 승부는 방금 기습에서 이미 났다고 봐도 될 것만 같다.

나는 암살자의 공격을 공시대보로 피하며 생각했다.

'백두검귀 정도의 실력자다.'

상급 무사들 중에서는 강한 편, 그렇다고 선인급이라고 보
기에는 애매한 그런 실력자였다.

하지만 나는 그런 암살자의 공격을 수월하게 피하고 있었다.

'백두검귀 때는 엄청나게 고전했었지.'

어떻게 용섬으로 이기긴 했으나 내공을 싹싹 긁어 전부 양기로 바꾼 뒤 큰 한 방을 노렸기에 가능한 일이었다.

애초에 아린이가 폭주해 도와주지 않았다면 절대 이길 수 없었을 터.

'1년인가?'

정확하게는 9개월 정도가 지난 시점이었다.

나는 그렇게 고전했던 백두검귀급의 고수를 상대로도 여유롭게 싸울 수 있게 되었다.

'극양신공을 사용한 상태지만 말이야.'

어쨌든 놀고 있을 시간은 없다.

"왜 그러느냐? 피하기 급급한 것이냐!"

암살자는 내 평정심을 흔들려는 듯 도발해 왔다.

아니면 진짜로 저렇게 생각하는 것일까?

에이, 설마.

하지만 이제 슬슬 끝내야만 한다.

더 시간을 끌었다면 뭐가 발려 있을지 모를 저 단검에 베일 수도 있었고 또 극양신공은 내 목숨을 태우며 사용하는 신공이니 말이다.

나는 공격의 때를 노리며 공시대보를 사용했다.

새로운 기술을 시험해 볼 생각이었다.

"죽어! 죽어! 죽어!"

답답함에 이성을 잃은 암살자가 미친 듯이 단검을 휘둘렀고 그 순간 틈이 나왔다.

'지금이다.'

일검류(一劍流), 패천검(敗天劍).

하늘을 부순다는 의미의 초식.

실상은 아래에서 위로 있는 힘껏 올려 쳐 적을 반으로 갈라 죽이는 기술이다.

나는 암살자의 다리 사이로 목검을 휘둘렀다.

이제 암살자의 몸을 반으로 갈라 죽이기만…….

'잠깐.'

나 목검 들고 있잖아?

퍼억!

엄청난 굉음과 함께 암살자의 몸이 들렸다.

일검류란 일격에 모든 것을 실어 날리는 일격필살의 무공이다.

자세부터 내공 운용까지 신경 써 최강의 일격을 날리는 무공.

내가 들고 있는 것이 진검이었다면 암살자는 반으로 갈라져 죽었을 테지만 문제는 목검이라는 것이다.

그 결과.

목검은 영 좋지 못한 곳을 터트렸다.

"……!"

암살자는 비명조차 지르지 못하고 눈을 까뒤집으며 쓰러졌다.

거품까지 물고 쓰러지는 암살자.

왜 내가 다 아픈 거 같은 느낌이지?

"와우. 이건 좀 미안하네."

차라리 반으로 갈라 죽이는 게 덜 미안할 정도였다.

어쨌든 싸움이 끝나고 아린이가 달려왔다.

"서하야. 괜찮아? 어디 스치지는 않았지?"

"웅. 다치지는 않았는데."

"아직 안 죽었네. 내가 마무리할까?"

"아니, 죽었어. 죽은 거나 마찬가지야."

남자로서 죽은 것이나 다름없다.

그리고 그때 멀리서 지켜보던 할아버지가 나타났다.

할아버지는 손뼉을 치며 말했다.

"굉장한 일격이구나. 그 잔혹함. 암, 무사에게는 잔혹함도 필요한 법이지. 하하하!"

의도한 바는 아니었습니다만.

인생 최고로 잔인한 짓을 해 버리고 말았다.

"그래, 좋은 실력이다. 그 정도만 되더라도 원정에서 죽을 일은 없을 것이다. 하지만 방심하지는 말아라. 나찰은 이런 송사리와는 다르니까."

"네. 명심하겠습니다."

백두검귀 수준의 강자가 송사리라니.

할아버지 수준에서 송사리가 아닌 사람이 어디 있을까.

"그나저나 이놈은……."

할아버지는 암살자의 몸을 벗겨 보았다.

소속 문신을 찾는 것이었다.

뒷세계의 무사들은 대부분 속한 단체가 있었고 서로를 증명하기 위해 문신을 새겼다.

암살자의 어깨 뒤쪽으로 암(暗)이라는 글자가 마치 암호처럼 날림 글씨로 적혀 있었다.

전에 저 문신을 보지 못했다면 저 글자가 암(暗)인지도 알기 힘들 정도로 말이다.

어쨌든 그것을 본 할아버지와 나의 표정이 굳었다.

그리고 나도 모르게 중얼거렸다.

"암부(暗部)."

"암부를 아느냐?"

할아버지의 물음에 나는 작게 고개를 끄덕였다.

암부는 가장 거대한 사파(邪派) 중 하나였다.

사파(邪派)라는 것은 모든 범죄 조직을 부르는 말이었다.

은월단(隱月團)도, 암부(暗部)도 크게 보면 사파(邪派)라고 볼 수 있다.

대부분의 사파(邪派)가 한 지역을 장악하고 있다면 암부(暗部)는 이 왕국 모든 곳에 존재했다.

　가장 거대하지만 실체가 없는 조직.

　그것이 암부다.

　"청신에도 암부가 들어왔구나."

　할아버지는 심각한 얼굴로 말하더니 자리에서 일어났다.

　"현아!"

　"네, 대장님."

　"암부의 지부가 생긴 거 같다. 처리해라."

　"명령을 따르겠습니다."

　황 사부가 떠나고 할아버지는 나의 머리를 쓰다듬으며 말했다.

　"아무래도 너는 내가 지켜야겠구나."

　와우.

　이토록 안심되는 말이 있던가?

　할아버지는 크게 숨을 내쉰 뒤 말했다.

　"그리고 이 정도면 안전할 줄 알았는데 아닐 수도 있겠구나. 앞으로는 수련양을 늘려야겠다."

　"……여기서 더 늘린다고요?"

　"그래. 문제 있느냐?"

　"아니, 그게 가능한가요?"

　"하하하! 서하야. 불가능은 없단다. 그럼 휴가를 즐기거라."

할아버지는 주먹을 불끈 쥐어 보이고는 멀어졌고 나는 아린이를 슬쩍 바라봤다.

"이거 죽일까?"

나는 격하게 고개를 끄덕였다.

어찌 보면 이 암살자는 임무에 성공한 것일 수도 있겠다.

내가 수련받다가 죽을 수도 있을 테니 말이다.

빨리 성무학관으로 돌아가고 싶어지는 순간이었다.

◆ ◈ ◆

수도, 청일의 기방(妓房).

여자 둘을 안고 있는 신태민의 앞에는 이주원이 앉아 있었다.

이주원은 작은 한숨과 함께 입을 열었다.

"철혈이 암부 지부를 싹 다 부수고 있다고 합니다."

"그래? 재밌네. 그 할아버지 은퇴한 줄 알았는데 쓰레기 청소도 하시고. 참 애국자셔. 그렇지?"

"이유가 뭔지 아십니까?"

"글쎄다. 모르겠는데."

"이서하를 암부에서 암살하려고 했답니다."

이주원은 피식 웃었다.

모르는 척하는 꼴이 참으로 역겹다.

암부에게 명령을 내린 것이 신태민이라는 것이 모두가 아는 사실이었기에 이주원은 본론으로 들어갔다.

"가만히 있으라고 한 거 못 들으셨습니까?"

"네가 가만히 있으라고 한다고 내가 가만히 있어야 하는 거냐? 고작 남창 따위가."

"……."

이주원은 빙긋 웃고는 몸을 일으켰다.

"후암까지 나서서 암부 지부를 전부 밟고 있습니다. 수도권은 물론 지방의 큰 도시들도 전부 협력하고 있다고 하고요. 뭐 당연히 우리 신유철 국왕 전하께서는 친구의 손을 들어 주셨고 대대적인 지원을 해 주고 계시죠. 이래서 이서하를 건들지 말라고 했던 건데……."

"선생은 말이야, 다 좋은데 배짱이 없어. 이서하가 우리 계획을 얼마나 망쳤는데 그걸 가만히 놔두나. 그리고 이서하가 죽어야 우리 건하가 확실하게 청신의 다음 가주가 되지 않겠어?"

"가주 자리를 놓고 10살도 어린 동생을 못 이기면 그건 이건하 잘못이겠죠."

"알아. 그럴 리 없겠지. 하지만 확실히 하는 게 좋잖아? 안 그래?"

신태민은 미소와 함께 여자들이 주는 과일을 받아먹었다.

"좋게 생각해. 철혈이 암부를 밟을 동안 너희 은월단은 안전할 거 아니야? 그런 거까지 다 생각하고 움직인 거야."

"참으로 고맙습니다. 그렇게까지 생각해 주시고."

"그럼 이제 꺼져. 남창이랑은 안 놀아. 내가 그쪽 취향은 혐오해서."

"여부가 있겠습니까? 그럼 꺼지도록 하죠."

이주원은 밖으로 나온 뒤 깊은 한숨을 내쉬었다.

암부가 해 줘야 할 일이 얼마나 많은데 벌써 버리는가?

'아니, 암부는 죽지 않는다.'

왕국이 탄생한 이래 절대 죽지 않은 기생충 같은 것들이니까.

'그래, 좋게 생각하자.'

철혈의 눈을 암부로 돌렸다.

운이 좋으면 암부가 이서하를 죽여 줄 수도 있다.

"이번 해도 무탈하게 지나갔으면 좋겠네."

이주원은 하늘에서 떨어지는 눈을 보며 발걸음을 옮겼다.

〈4권에 계속〉

슬기로운 회귀생활

※출판 일정에 따라 출간일은 변경될 수 있습니
2020년 11월 16
1,2권 동시출간 예정

은반지 현대판타지 장편소설

가문의 이익을 위해 길러진 개, 황재건.
당연하게도 그 인생의 끝은 토사구팽이었다.
철저히 이용만 당하다 버려진 그날,
세상은 그에게 또 한 번의 기회를 주었다.

[기반된 운명(運命)의 수레바퀴에 의해 뒤틀립니다]

눈앞에 보이는 광경은 10여 년 전 머물던 방 안.
F급 각성으로 찬밥 신세를 면치 못했던 20살 때였다

'이건…… 그냥 나잖아?'

그런데 SSS급 헌터의 힘이 그대로다.